魅丽文化　花火工作室

所有美梦都与你有关

LU RONG WOJIAO
陆绒 著

贵州出版集团
Guizhou Publishing Group

贵州出版集团
贵州人民出版社

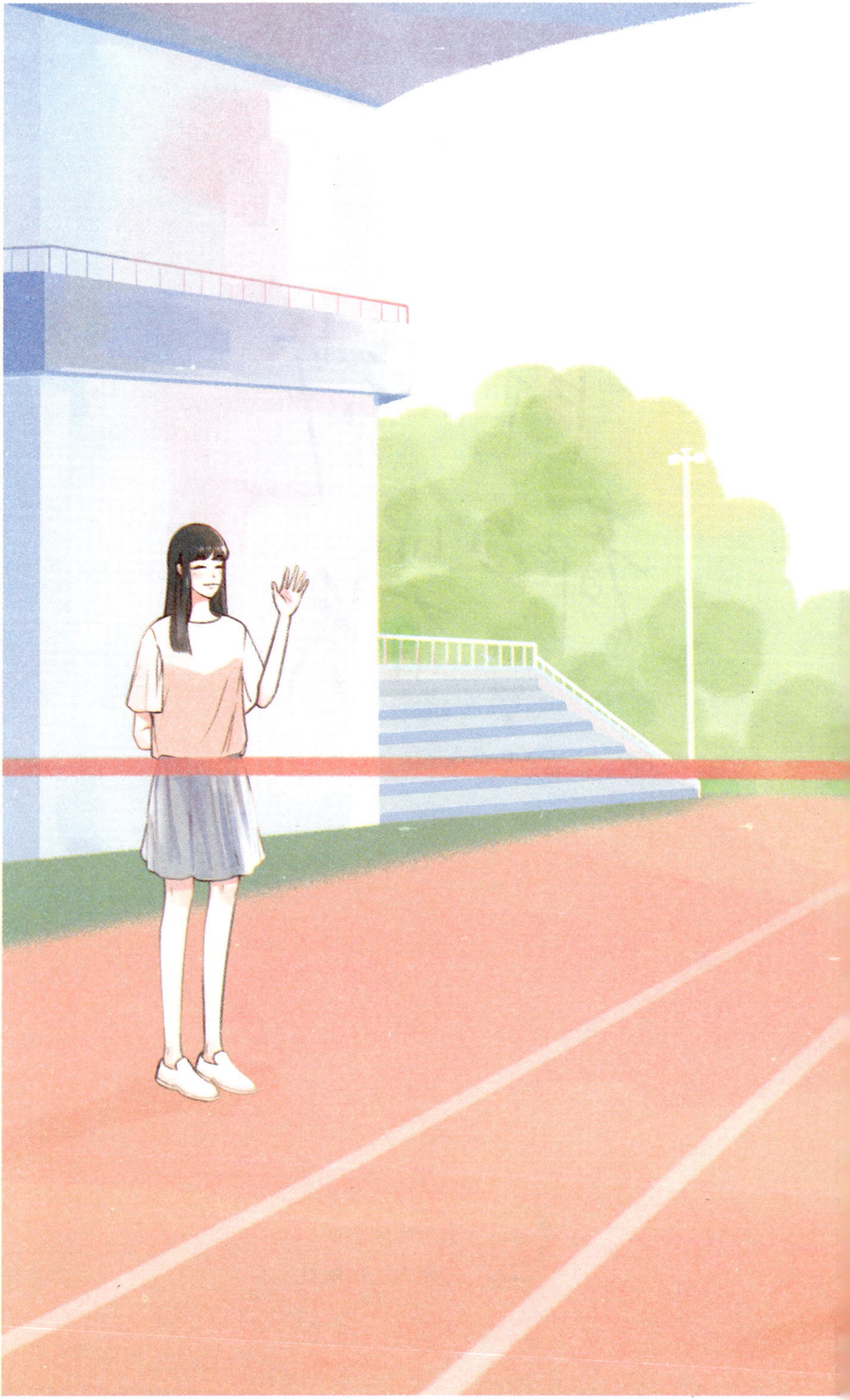

后来，说起那一年的运动会，我问他是不是被我一根棒棒糖收买，才报了八百米。

他摇头，眼里带着一点儿笑意："是想看看，有人会不会来给我加油。"

虽然异地恋很辛苦，但是每次见面时，扑进他怀里被他紧抱住的那一刻，我的心里都只剩下夏天西瓜最中央的那一口甜。

对我来说，让我心跳加速的，不是他第一次猝不及防地拉住我的手，而是低声跟我说："其实我也很紧张。"

在我们的新家，我第一次给他做饭，问他："是不是感觉还不错？有没有特别想娶我回家？"

很久后我才知道，他谋划已久的求婚，竟然就这样被我抢先说出了口。

——那我就只能让他负责一辈子啦。

目录 C O N

陆绒

文艺心物理研究生，性格时常精分的乐天少女。

小名：跳跳

身高：168cm

星座：摩羯座

擅长的运动：羽毛球

喜欢的食物：火锅

喜欢的明星：周杰伦

最大的梦想：世界和平，我爱的人都在我身边。

最喜欢的人：严谨地说来要分类讨论。比如物理学界就是霍金，作者就是阿加莎……好啦，范围扩大到整个世界，就是我们行行啦！

给对方留一句话：这么多题目你真的写得完吗……

恋爱档案 ♡

季景

计算机学霸，耐心且专注，自制力超强，外冷内热的冰山火种。

小名： 行行

身高： 188cm

星座： 金牛座

擅长的运动： 跳高

喜欢的食物： 没有什么偏好

喜欢的明星： 克里斯托弗·诺兰

最大的梦想： 岁岁如今朝（陆绒：你为什么这么文艺……）

最喜欢的人： 陆绒

给对方留一句话： 答应你的事都能做到。

恋爱
时光轴

2006 年
我们成了初中同班同学。

2009 年
我们高中同校不同班、
因误会而疏远。

2012 年
我们读了不同的大学。

2014 年
季景主动找我，
我们恢复了联系。

2019 年
我们来日方长……

2018 年
李景正式成为我的人啦!

2016 年
我们大学毕业,
一起到北京读书…

2015 年
我们在一起了;

All dreams

Part 1

冷酷冰山
说情话的方式

🍓 01.

和他在一起后，我给他起了个听起来还挺萌的昵称，叫"行行"。朋友问我为什么，我说因为他做什么都举重若轻，看起来很"行"。

大四下学期的某一天，我交完毕业论文终稿，正好有一个星期的空闲，他含蓄委婉地邀请我去 A 市找他玩，发来"A 市龙虾节盛大开幕"的消息。

爱小龙虾如命的我一边怒斥他的"套路"深，一边受不了诱惑，迅速跳进圈套。

其间，我和他及他的室友一起吃了顿饭。饭桌上，我让他帮我拿一下纸巾，不小心脱口而出一声"行行"，被他室友听到后疯狂起哄。

"天网恢恢，疏而不漏，谁能想到我们高冷老四也有这么一天。"

"点击就看，计科男神，在线卖萌。"

后来他送我回酒店的路上，我有点儿忐忑地问他："我是不是破坏你形象啦？"

他言简意赅道："我喜欢。"

很久以后我才知道，在他那里，"行行"的含义是：等你多久都行，为你做什么都行。

🍓 02.

我和行行是初中同学，高中校友。

高考的时候，他考得很好，听人说有好几个名校招生办联系他，他都拒绝了，初中班群里（他没加群）还有人赌他会上哪所学校，谁都没想到，最后他拒绝了一票首都名校，留在了省内最好的大学——A大。

A大自然也是很好的学校，只不过治学非常严谨，以军事化管理出名，大家调侃的时候总说："只要你敢考A大，日子天天赛高考。"

而我高考理综发挥失误，和理想的大学失之交臂，最后背井离乡，去了一座沿海城市度过四年大学生活。

读大学是我第一次正儿八经过集体生活。我们学校寝室是四人间，上床下桌的构造，我也是第一次睡这种要爬梯子的床，因为打小四肢不勤，我在军训的第七天，下床时从梯子上摔了下去，扭到了腰。

当时场面非常混乱，我摔得头脑发蒙，"嗷"了一嗓子，事后有室友说她从梦里惊醒，以为寝室进了狼……

先反应过来的一个室友赶紧跟辅导员请了假，把我送去了医院，结果那天刚好赶上拉练，我俩在医院逃过一劫，从此人送我外号——陆锦鲤。

我挂完号去拍了个 X 光片，医生看了说没有大碍。

我是个很注重仪式感的人，总觉得来一趟医院，两手空空地回去好像不太好，也怕辅导员怀疑我装病逃军训，用渴求的目光看着医生："真的不用开点儿药吗？"

这个医生大概也是生平头一次遇到我这种病人，一脸"你这小姑娘是不是脑壳摔出了点儿问题"的表情给我开了两盒药。

我心满意足地掏出手机，把药和 X 光片一起拍照发动态："打卡，医院一日游。"

之所以提起这件事，是因为那个学期快结束时的某一天，我突然收到了一条动态回复："伤筋动骨一百天。"

是行行发的。

那是时隔三年，他第一次跟我说话。

我不懂什么意思，愣了好一会儿，心里憋了股不知打哪儿来的气，没有回复他。

最近我重新整理动态的时候又看到这条，拉过一旁的行行问："你当时发这个是什么意思？"

泰山崩于前而色不变的季同学，闻言微妙地皱了一下眉。

我以为是他不记得了，正想说算了，他忽然说："大一刚开学，学校不许带任何电子设备，等我看见你摔伤的消息时已经过去两个多月了。"

"嗯……所以你是表示迟来的关心？"

行行顿了一下，若无其事地说："你那天又发了新动态，说社团活动要和一堆人出去玩。"

我往上翻了几页，果然看见了那一条，配了好几张社团大合照。

我盯着看了半天，发现我四周站的好像都是男生……脑海里突然灵光一闪，按住他的肩膀，正色道："弱水三千，朕只取一瓢。"

季行行同学顺势拉住我的手，趁我还没反应过来，低头亲了我一下。

我蒙了。

他笑道："谢皇上隆恩。"

🍓 03.

我们俩还在异地恋的时候，有天夜里，我不知道是不是因为睡前看了本恐怖小说，做了个噩梦，吓醒后在枕头边摸了半天摸到手机，给行行发消息控诉："我做了一个巨吓人的梦，梦到期中数学考试，最后一道大题我怎么算都算不出来，打铃了，老师叫你来收卷子，我跟你说再给我三分钟我就写出来了，结果你竟然没理我，冷酷无情地把我的卷子收走了！"

我愤愤地打字，还在末尾非常无理取闹地加了一句："你好过分，在梦里毁了一个孩子读书的梦想。"

发完消息，我才看到时间是凌晨三点。

行行的作息超级规律，晚上十一点睡，早晨六点半起床，基本属于让我妈把我再生一遍我也没办法做到的那种。刚在一起那会儿，我还跟行行说过我俩有时差。

一觉醒来后，我暂时也睡不着了，就开始刷微博，一边刷一边良心隐隐作痛，觉得自己"甩锅"的行为是不是太无耻了。

默默忏悔了一会儿后，我决定补救一下，结果对面抢先一步发来消息，干脆利落的三个字："对不起。"

我发了一连串问号过去："你怎么还没睡？？？"

行行说："今天通宵，在和室友做模型。"

我"哦"了一声，打算继续刚刚的补救，结果没打完字，又被他打断了。

行行这次说："你知道梦里的'我'为什么没理你吗？"

这还有原因的吗？

我一脸问号："为什么？"

过了半天，他才回答道："因为那时候，他还不知道，要对喜欢的女孩子好一点儿。"

🍓 04.

又是某一天的夜里，我午睡太久了，加上肚子饿，晚上翻来覆去睡不着，打开手机自虐地刷美食博主的吃播视频，从火锅、烤串看到大盘鸡，最后实在受不了自己一个人被虐，开始疯狂截图，然后在朋友圈发了一个九宫格，配文：祝大家晚上好。

独痛苦不如众痛苦。

我对自己叹了口气，我这个人啊，真的太坏了。

报应来得很快，三分钟后，我就被评论里的刀片淹没了。

行行私聊我："你又没吃晚饭？"

从六个字一个问号里，我就能脑补出他皱着眉很凶的表情，顿时虚了。

"吃了吃了，一份煎饺，一杯豆浆，健康中国人！"

嗯……煎饺是昨晚吃的，豆浆是今早喝的，也不算骗人吧？

结果行行还是一眼识破，我怀疑他在我家安了窃听装置，我每天少吃一粒米，那个装置都会自动报警。

他说："我给你点了份外卖，大概二十分钟后到。"

我泪眼汪汪地回："百年修得同船渡，千年修得行行亲自给我点外卖。"

季同学不为所动："吃完不要立刻躺下，更不要躺在床上吃。"

我嘴上这么说："我是这种人吗？！"

心里想的却是：对不起，我真的是。

大概刚过十分钟，外卖人员就来敲门了，行行点的是份玉米粥，刚好是我的食量。

送外卖的姐姐看起来脾气特别好，这么大晚上的，脸上也没有不耐烦的神情，反而笑得很甜。

我喝着粥又开始调戏人："我感受到了，每一颗玉米都包含着你对我浓浓的关爱。"

行行那时脸皮还薄，完全招架不住："别说了……"

我唏嘘道："你不应该回'是的'吗？这么冷漠，让我想跟刚刚的外卖小哥私奔。"

行行丝毫没中套："送外卖的是个女生。"

他这么笃定，我这次是真的怀疑我家有窃听装置了："你怎么知道？！"

他轻描淡写地说："那是我一个亲戚，她在你们家附近开粥铺。"

我震惊不已："还可以这样？"

"这么晚，我怎么可能放心陌生人去你家。"

"哦……"

"心细如丝"说的就是我们行行了。

🍓 05.

写这本书的时候，我一直和行行说，我以前从来没想过，人生中出的第一本书，竟然是和他的回忆录。那些年在笔记本上偷偷写下的霸道总裁、冷酷校草、邪魅王子都没有这样的待遇。

我趴在他肩膀上问："你有没有觉得很荣幸？"

他头也没抬地"嗯"了一声。

我瞪他一眼："就这样吗？我为什么完全没感觉到你的喜悦之情？"

他放下了手里的书，顺势把我圈进怀里，想也没想地径直答道："毕竟娶到你才是我最大的荣幸。"

行吧。

近朱者赤，近陆绒的季行行情话功力与日俱增。

🍓 06.

说到情话，之前网上兴起一个活动，叫"用你的专业知识说一句情话"。

我给行行写的是："我是一个光敏电阻，而你是让我整个世界开始运转的那道光。"

这句话我之前在另一篇小说里写过，是男主对女主的表白词。

好吧，又开始日常觉得我和行行的男女朋友角色颠倒了。

行行最初没参加这个活动，倒是他一个单身室友兴致勃勃地写下了一句："你是贯穿我整个生命的BUG（缺陷、意外），舍不得消除你，只能跟你同归于尽。"

我差点儿笑出鼻涕泡。

我跟行行说："你是不是也要跟我同归于尽？"

他沉吟了一会儿，道："换个词。"

"什么词？"

"百年之好。"

🍓 07.

江湖传言，同学聚会是欠债还钱、拆散情侣、藕断丝连的最佳场所。

大二暑假，初中副班长组织了一次同学聚会，作为班长，我当然要带头参加。零零散散地来了二十多个人，行行没来，副班长联系的时候，他说学校有事，一直待在A市没回来。

那个时候我们还处于形同陌路的阶段，我没太关心，就是听了一耳朵，又转身投入班里某某和某某的八卦了。

吃完饭，大家的午后活动是到水吧打麻将。

我刚学会没多久，手忙脚乱，不停地给下家喂牌，结果输得脸上被贴满了字条。桌上另外几个人觉得这样没意思，转变规则，输的人要被问一个问题。

于是，接下来就是我单人被众人盘问的时间。

乱七八糟问了一大堆，最后一个问题是："为什么会一直单身？"

这是什么问题？我要是知道，还会到现在都单身吗？！

我一边在心里吐槽，一边开玩笑说："因为没人想跟我谈恋爱。"

隔壁桌一个男生忽然将脑袋探过来："怎么可能！陆绒你这么说，季景第一个不服！"

我形容不出来当时听完这话是什么感觉，有点儿震惊，更多的是不相信。

那个男生看出我不信，开始找证据："高考后，有一次我拉他去打游戏，他输的密码的开头两个字母就是你名字的缩写。"

我的关注点立马跑偏："季景也会去打游戏吗？"

"我拖着他去的……等等！重点在缩写！"

"那两个字母开头的词多了去了。"

"从你们高中学校回他家坐 224 路公交车可以直达，但是他经常跟你一起坐 108 路公交车再转车。"

我对答如流："因为 224 路公交车太难等了，108 路公交车有很多。"

那个男生连续举了几个例子，一一被我噎了回去，最后气鼓鼓地说："反正我觉得他一直喜欢你。"

我没再跟他呛声，心里坚决不信，反正我也不喜欢这位季同学。

那时的我完全想不到，没到一年我就自己打了脸。

确认自己喜欢上行行的那天晚上，我辗转反侧了很久没睡着。我怕他其实并不喜欢我，更怕他这些年真的一直喜欢我。

因为喜欢他，所以根本舍不得他一个人等这么久。

后来在一起的第一天，他说："陆绒，这不是什么了不起的事情。我一直喜欢你，不是我有多好，是你很好。"

我知道，我其实并不是性格有多么可爱的人，只不过他总能发现我可爱的一面。

🍓 08.

有段时间我突发奇想，想写一个吊儿郎当的校霸追冰山女神的小说。鉴于我周围都是聊天内容三句话里就有一句是在"哈哈哈"的傻白甜，只有行行一个当代男版"小龙女"，为了让小说有真实感一点儿，我只能从他身上取材。

女主原型的人选有了，我决定牺牲自己，扮演校霸的角色。

提前跟他打好招呼之后，我就打算开始耍流氓了。

行行正在敲键盘，我胳膊一伸，把他困在了我和书桌之间，并露出反派一般的笑容，另一只手捏住他的下巴，开口道："这位同学你别动，我要亲你了。"

行行抬起头，一动不动地看着我。

我硬着头皮念羞耻的台词："别以为这样看着我，我就会对你心软。"

季同学恪守角色特质，淡淡地"哦"了一声。

我进退两难，正在想这个"女主角"是不是太不给本校霸面子时，行行忽然握住我的手腕，一把翻转了我们俩的位置。

"你太慢了，还是我自己来吧。"

在这位冰山"女神"面前，本校霸根本就没有过面子！

🍓 09.

所有手机游戏里，我玩得最久的一个是《开心消消乐》。虽然我周围的朋友都吐槽这是个中老年人才爱玩的游戏，但这丝毫不影响我的闯关热情。

手机上除了交流工具和办公软件就空空如也的行行，也在我的带领之下，提前步入了中老年生活，开始玩《开心消消乐》。

我是个追求速度的人，所以每个关卡能过了就行，因此也就常常因为星星数量不够，要卑微地求助好友帮我解锁，才能继续玩下面的关卡。

行行不一样，好端端的一个金牛座，偏偏有处女座的强迫症属性，每关必须玩到满星。

可就算是这样，他闯关的速度还是比我快。

既羡慕又嫉妒的我酸成柠檬，问他："你这么追求完美干什么？"

行行面不改色地说："不追求完美，怎么能找到你这样的女朋友。"

我开始怀疑他买过《如何哄好我的杠精女友》之类的书了。

🍓 10.

我做事有一点儿拖延……可能也不只是一点儿。白天就可以很快完成的事情，我总喜欢拖到晚上再做。

一般的流程是白天各种摸鱼，然后慢悠悠地吃完晚饭、洗完澡以后，点上两杯奶茶，正襟危坐在书桌前开始做正事。

再然后……因为奶茶喝多了，所以睡不着，失眠到凌晨，第二天的白天又懒懒散散的什么都做不了，事情拖到夜里，形成周而复始的死循环。

就这个问题，我被严厉的季同学说过很多次，每次我都点头如捣蒜地保证下次不会再犯，结果等他一不注意就故态复萌。

最近的一次是他去外地出差，我一个人在家无人管束，尽情呼吸自由的空气，第一时间就点了一杯珍珠撞奶，一杯百香果茶，准备遨游在深夜的互联网里。

结果越熬越晚，大脑发出想休息的信号，身体还没有半点儿睡意，直到行行打来查岗电话。

"几点钟点的奶茶？"

我嘴硬道："什么奶茶，我怎么会背着你喝奶茶呢？"

那边停顿了一下，开始念："'今天的珍珠撞奶甜度刚刚好，好喜欢！百香果也好喝，五星好评！'这不是你写的？"

这个人怎么不去当福尔摩斯？！连外卖软件的评论都能扒出来！我急中生智地转移焦点："行行，我觉得我们的感情可能出现了信任危机。"

冷酷无情的季行行说："所以是几点？"

"九点半！九点半行了吧！"

大概是行行的话威力太大，挂断电话后，我感觉到了一阵久违的睡意，竟然没多久就睡着了。迷迷糊糊中，我听见了开门的声音，身边的床好像也陷下去了一块，我费力地睁开眼睛，睡眼蒙眬地看到一个人影。

"怎么回来得这么早……"

我身边的人声音淡淡的："家里小孩贪玩，只能回来看着她睡觉了。"

哦。

"看"发第一声，和"看守"的"看"同音。

🍓 11.

我在网上看到一个笑话,说现在表白试探的套路一般是这样的。

先跟对方说"今晚月色真美"，如果他也喜欢你，就会说"风也温柔"，如果不喜欢你，就会说"适合刺猹"。

我声情并茂地念给行行听。

行行的第一反应是："闰土？"

我点头，说："对啊，就是鲁迅那篇《故乡》里的梗嘛，是不是很好笑？"

季同学这个没什么幽默感的人在剥橘子，一声不吭。有强迫症的他，连每瓣橘子上的白色经络都要剥得干干净净，最后再送进坐享其成的本懒人嘴里。

我没得到想要的反馈，干脆转了个身朝着他，正儿八经地说："如果我们来模拟一遍，就是这样的，我对你说'今晚月色真美'，你要含情脉脉地看着我，说'风也温柔'。"

说完，我扬了扬下巴，示意他接话。

行行剥完最后一个橘子，擦了擦手，然后起身，双手撑在我身后的沙发背上。

我没明白他要做什么，颤巍巍地问："大哥，你要刺猹了？"

他眼睛一眨不眨地看着我，慢慢地说："既然月色真美，那比起刺猹——"

话没说完，他的吻就落下来了。

于是所有的言外之意，对我而言已经了然。

记忆里，那天晚上窗外的月色是真的很好，窗台上是一层薄薄的薄荷色的霜。

而橘子味儿的吻，是甜的。

All dreams

Part2.

当个总是让你没辙的
女同学

are about you

🍓 01.

　　因为小时候在大院里一堆孩子中长大，身边都是一堆上可爬树掏鸟蛋、下可入地挖蚯蚓的男孩子，导致我的性别意识一直有点儿寡淡。

　　虽然看言情小说和偶像剧的时候也会被虐到心绞痛，或者甜到在床上打滚儿，但是我从来没有想过，这样的故事会发生在自己的身上。

　　所以在此之前，我和行行朝夕相处的初中三年里，我可能错过了无数他暗递的秋波。

　　行行对此表示，他根本就没递过。

　　初一入学的摸底考试，我考了年级第一，加上班主任觉得女孩子应该比较乖巧细心，就让我当了班长，这可能是她教学史上最大的一次失误。

　　行行是年级里唯一一个数学单科满分，所以做了数学课代表兼学习委员。

　　刚开学，班主任发了资料表下来填，我负责收上来整理，然后发现大家兴趣爱好一栏都填得五花八门，只有行行填：太多了，略。

　　略？这是个什么人？道明寺吗？流川枫吗？也太跩了吧？

我当时心里飞过一排弹幕，每个弹幕上都是硕大的"无语"二字。

不过也因此让我一下就在人群里记住了他。

后来我问过行行是不是故意的，他表示，如果知道我会看，他会好好填的。

虽然季同学没有写任何兴趣爱好，但聪明如我，还是一下子从他填表的字迹中发现他的字写得很好。别人都用水笔或者圆珠笔写，只有他用的是蓝黑墨水的钢笔，一下就显得非常有格调。很久以后我才知道，他家是正儿八经的书香门第，家学渊源，书法自然不错。

入学第二周是教师节，我计划在当天布置一下教室，便把主意打到行行身上，想让他帮忙在黑板上写字。

那时的行行是个真真正正的酷男孩儿，因为长相好，看上去又是个学霸的料子，符合小说男主特质，所以周围明里暗里想跟他讲话的人还挺多，哪怕他每次回复不超过三个字。

我好不容易突出重围，杀到他面前，讲完来意，他没什么表情地"哦"了一声。

我不解："啊？"

第二天一大早，我赶来教室开门，发现他很早就坐在教学楼下花坛边看书了，这才知道那声"哦"是表示同意的意思。

我亦步亦趋地跟在这位大爷后面护送他进教室，头顶刚好到他肩膀上一点点的高度。

有一件我觉得挺命中注定的事。

我小时候长得慢，上初中身高才刚到一米五五，我妈估计也是绝望了，看一米五五也到了及格线，还反过来安慰我。那会儿行行一米七五，正好比我高二十厘米。

等到高中毕业，我长到了一米六八，行行一米八八，还是比我高二十厘米。

总之就是，我们面对面时，我要仰着点儿头看他的身高差。

进了教室以后，他一言不发就开始写字，不知道是哪种字体，看上去龙飞凤舞，写完还在旁边随手画了几朵荷花做点缀，让年幼无知的我叹为观止。

我在心中向他道歉。果然不愧是敢写"太多了，略"的人。

我捧着脸特别夸张地夸他："课代表好帅哦。"

行行可能被我这么直白又厚脸皮的话吓到了，在讲台上差点儿摔跤，蹙着眉转过脸来看我。他这个人看上去冷冷的，却长了一双桃花眼，扇形双眼皮，睫毛很长，这么好看的眼睛，盯着人看的时候偏偏有股威慑力。

我，陆绒，行走江湖，从来不怕硬碰硬，抬头跟他狠狠对视，直到十秒过后，实在忍不住眼酸眨了一下眼睛。

与此同时，我隐隐听见一声轻轻的"哼"。

呵，傲娇鬼！

🍓 02.

我和行行的第二次交锋是一个月后的运动会，我和体育委员分别负责班里男生报名和女生报名。

那天下午，我很早去了教室，看到体育委员桌上的男生报名表里只写了寥寥几个名字，怕凑不够人数参加比赛，我打算帮他抓壮丁。

这段记忆有点儿模糊，我也不知道当时怎么就瞄上了一看就不好惹的行行，我怀疑是当初教室里只有他一个人。行行跟我在这里产生了分歧，他说是我一早就觊觎他而不自知。

反正当时我英勇无畏地去找他了。

"这位壮士，我瞧你根骨清奇，要不要报个八百米？"

他翻了一页书，没理我。

"不想跑步，跳高也行啊，你看你腿那么那么长，不跳高多可惜呀。"

他从桌洞里拿出数学习题册，开始列方程式。

我再接再厉，从口袋里翻了半天，掏出一根苹果味棒棒糖，放在他笔袋旁："求求你啦，报一项好不好，我全部家当都给你了。"

说这话时我有点儿心虚，因为我另一边口袋里还有一根香橙味的棒棒糖。

行行还是没说话。

最后是体育委员进教室打破了僵局，说人数已经够了，只是他记在了纸上还没往报名表上登记，其中就包括报了一百米的行行。

我有点儿生气，觉得自己像个傻子被人耍了。但是理智告诉我，本来就是我自己误会了，和行行没什么关系，我又开始生自己自作多情的气。

那一段时间，走路上看到行行，我都会绕开一大圈。

直到运动会那天，他不光跑了一百米，还跑了八百米，以及顺道跳了个高。我连续几天阴霾密布的心情一下云销雨霁。

🍓 03.

我初中最好的朋友叫毛球，我俩默契到递一个眼神就知道下课是一起去厕所还是去小卖部。

她跟行行做过一段时间的同桌，深知此人的冷漠无情，以及中学几年对我的种种摧残。

大二那次同学聚会，她因为和家人一起出去旅游，也没能过去。知道了我和行行在一起，毛球不出我预料地表现出了极大的震惊，然而她也是最快接受这件事的人。

她说："虽然乍一看你们这个组合非常丧心病狂，但仔细想一想还挺和谐的。这么多年，除了你们家季同学，还有别的什么男生能管得住你吗？"

我捏紧拳问她："我在你心里就是一个恶霸吗？！"

她理所当然地回了一句："那不然呢？！"

在日常绝交三分钟后，毛球跟我说，她其实早就发现了一点儿苗头，行行经常会状似无意地往我所在的方向看。

"不过那个时候，我不知道他是喜欢你，还以为他想找你寻仇……"

我第一时间跑去问行行，他义正词严地否认了。我想到他一贯好好学习、两耳不闻窗外事的属性，又觉得可能是毛球误会了。

直到不久后，有一次初中群里有人怀旧，发了一堆旧照片在群相册，其中一张是自习课的教室，零零散散空了几个位子，我坐在靠窗那组，跟我同桌一起不务正业撑着下巴看夕阳，行行手里握着一支笔，头却抬着，脸正好对着我所在的方位。

这下子证据确凿，我雄赳赳气昂昂地去找季嫌疑人。

出乎我所料，这次他没再挣扎，只是说："没有故意想看你，只是你那边的风景好像总是比较好。"

我脸皮厚嘛，直说道："那当然了，因为我就是最好看的风景。"

他蹙着的眉毛舒展开，忍着笑，看着照片中我桌上纸盒里的纸巾说："嗯，打喷嚏擤鼻涕也好看。"

这话到底是不是在夸我……

🍓 04.

最近在网上看到一个搞笑视频，模仿学生时期大家经常做的事。其中包括上课传字条、趁老师不注意偷吃零食、往同学背后贴"王八"等。我仔细一想，这些事我好像都做过……

尤其是有段时间我痴迷一款网游，后排有个叫 C 君的男生和我关系很好，他也在玩，我俩常常传字条交流游戏心得。

那年的圣诞节，班里搞了个活动，在教室门口放了个许愿箱，每个人都可以在纸上匿名写下愿望，由班干部帮忙实现。

我在一团花花绿绿的字条上，一眼就扫见了行行的字迹，只能怪他的字写得太出挑了。

这位季同学的愿望纸上这样写着："希望第四组的某两位同学不要再传字条了。"

🍓 05.

C 君是个说起来还挺传奇的人物。

我和毛球第一次和他混熟，是学校刚开了食堂时，物美价廉，对我们这种每天早上为了多睡十分钟宁愿饿着肚子不吃早餐的人来说，简直就是救星一般的存在。

每天第二节课结束后的大课间，我和毛球都准时冲出教室门去食堂买早餐。

那天是个例外，我被班主任叫去交代了个什么事儿，等我赶去食堂的时候，已经过了高峰期，原本熙熙攘攘的地方只剩零星几个人，其中一个就是C君。

我和毛球端着灌汤包和蛋汤在他附近的座位坐下，正考虑要不要跟他打个招呼，就见C君挑了挑眉，望向了我们。他慢悠悠地像在品红酒一样晃着手里的塑料杯子，里面还盛着免费的胡辣汤，片刻后非常优雅地开口："前调刺激，中调浓郁，回味悠长。"

我当即被他专业到提升了整个食堂格调的语气呛了一下。

C君笑眯眯地问我："干杯吗？朋友。"

我指了指装着蛋汤的瓷碗，说："杯我没有，干碗成吗？"

C君事后回忆道："本来只想调戏一下你们两个小姑娘，结果没想到你们身上的'二缺'气息比我还浓厚。"

🍓 06.

C君在我后桌坐了很长一段时间。

我和毛球之前以为他家境有点儿困难，因为每次去食堂都能看到他在喝胡辣汤。很久之后，我们才发现这家伙其实很有钱，只是单纯喜欢喝胡辣汤。

怎么说呢，可能有钱人都有一些常人难以理解的怪癖吧。

他高考后没留在国内读书，因为酷爱动漫，家里人就把他送去日本学动漫相关专业，谁也没想到他毕业回国之后，不是满腔热血地为国漫崛起事业贡献自己的力量，而是回家开了一家日式烤肉店。

偏偏生意红红火火，两年里一连开了三家分店，也算"条条大路通罗马"。

刚开业的时候，我和行行也去捧过场。

C君本来就是个比我性别意识还要寡淡的人，成天只把我和毛球当兄弟，好久没见面，下意识地就要给我来个兄弟间的拥抱。距离我还有一米远的时候，他终于察觉到了来自行行的死亡视线，对视三秒后……他俩抱上了。

虽然很快就松了手，但我还是听见他喃喃道："老子死也没想过，这辈子会跟季景抱上！"

而另一边的行行脸上面无表情，心里可能连小C同学的牌位都写好了。

🍓 07.

初二那年，不知道是哪位罪魁祸首给我推荐了一本言情小说，从此我落入了万丈深渊，原先一个一心向学的正直少女（也没有），就这么开始沉迷小说无法自拔。

我的阅读速度超快，有时候回家如果不写作业，一晚上能看掉两三本，然后第二天上学，再声情并茂地复述给我同桌听。

据说我的相声天赋在那时就初露端倪。

一开始听众只有我同桌，后来周围渐渐围了一圈女同学，听我讲"穿越女如何在××皇朝凭借一本《三国演义》搅起一片风雨，收获皇帝、王爷、丞相等人的爱慕"的十八线玛丽苏故事。

大家听得津津有味，以至于我感冒了，喉咙难受得快讲不出话来时，还强撑着"说书大业"。

最后，是行行一声冷冷的"请你们安静一点儿"拯救我于水深火热之中。

等人群散开，我终于松了口气，虽然那时候只以为他是真的被我们打扰到了，但毕竟是帮了我大忙，我隔着走道，悄悄用气声向他道谢，他假装没听见，抿了抿嘴唇，耳垂却悄无声息地红了。

所以我经常吐槽他，好端端一个人，还没有耳朵诚实。

🍓 08.

沉迷小说的后遗症之一，是我没时间把作业全部写完了，只能挑几样重要的写一写，剩下的都等第二天到学校找同学借鉴。

我在某些方面龟毛得令人发指，比如，哪怕抄作业也不能随便抄，要抄就抄最好的。

某日，我没写化学作业，我后桌的男生正好是化学课代表，早早收齐了基础训练册垒在桌边，我和他关系还不错，大摇大摆、指名道姓地问他要行行的作业。化学课代表很快翻出来给我。

早读课，讲台上语文老师在讲《归园田居》，我嘴上一边念着"久在樊笼里，复得返自然"，手上一边笔耕不辍：酸＋碱生成盐＋水……

可能是天要亡我，一股冷风从窗缝处吹进来，我没忍住打了个喷嚏，腾出手捂住嘴，放在腿上的那本行行的基础训练册就掉到了地上，封面朝上，主人的名字展露无遗……被行行看得一清二楚。

我那时和他还没什么交情，属于除特殊情况，一个月也难得说上两次话的关系，要不也不会辗转从别人那里借他的作业。

他平时一副拒人千里的模样，我表面天不怕地不怕，心里多少还是有点儿怵他。

果然，他捡起书，狠狠地瞪了我一眼，我在他的目光里看见了五个大字："陆绒，你完了！"

我可怜兮兮地跟他道了一个课间的歉，他没什么反应，好像是消了气。我本来以为他大人大量原谅了我，直到后来，我再也没能从其他课代表手里借来一本他的作业，我才知道自己是多么单纯。

多年后，季行行同学说："你为什么不直接来找我？"

"我哪里能想到你这么别扭！我还以为你瞧不起我们这种靠借作业勉强维持生活的学渣呢！"

🍓 09.

没写作业系列事故二。

这次我没写的作业是数学，正好犯到行行手上，我也不想再挣扎了，整个人的状态大概就是一心求死。

结果那天没交作业的人太多，行行上交的名单记录不全，班主任——也就是数学老师，亲自来班上查哪些人没交。

我作为班长带头不写作业，被叫出去罚站。行行也跟我一起罚站，罪名是包庇同学。

那时正是春寒料峭的时候，我俩就站在走廊上吹风，再来个人拉一首《二泉映月》，我可能都要迎风流下两滴鳄鱼的眼泪了。

行行这样根正苗红的三好学生、五好少年，大概是生平第一次被罚站，脸上的神色冷冷淡淡，眉宇间却隐约有点儿懊恼。

我百无聊赖，无所事事，暗中一点一点地朝他那里蹭过去，憋了半天，实在忍不住问他："你包庇的是谁呀？"

他不回我，我开始自己猜，一连报了几个人名，好像都不太对，因为他眉毛都没动一下。

我开玩笑说："不会是我吧？哈哈哈……"

为了掩饰尴尬，我的每一个"哈"都非常用力，以至于弄巧成拙，显得更加生硬、尴尬。

行行终于转过头来看我，垂着眼，面无表情地从鼻腔里发出一声："哼。"

我当时理解为嘲讽，并迅速自觉地缩成一团从他面前滚开。

事隔经年，我得出结论，季行行同学的"哼"，基本等同于"嗯"。

他不好意思说出口罢了。

🍓 10.

初三有一次晚自习，C君带我和毛球去学校附近新开的烧烤店吃烧烤。那时我还处于内心叛逆、表面怂的状态，做过最过分的事也就是没写作业了，对这种挑战老师底线的事情根本想都不敢想。

C君劝了我好久才劝动，具体过程如下：

C君："这家的味道一级棒，谁不吃谁后悔，趁现在没放学去不用排队，不然排到明天早晨都吃不上。"

我："不去。"

C君："真不去？"

我："打死也不去。"

C君："我请客。"

我："说了不去就是不……走吧。"

对不起，我也没想到自己竟然是这种人。

本来晚自习就是我们自己做作业看书的时间，从来没人检查的，但也不知道是我们三个里谁的运气比较差，那天，副校长突然心血来潮，要在晚自习给我们放一个国学讲座的视频，于是我们叛逆三人组的初次行动就被当场抓获了。

副校长是我们的语文老师，属于那种变脸能力超强的老师，可能上一秒还能和你和颜悦色地开个玩笑，下一秒就能绷着脸吓哭小孩。

我们三个就是被吓哭的小孩。

第二天一大早，我们三个小可怜被罚在讲台前齐声朗读检讨，接着是打扫整层楼的卫生。最后打扫校长办公室的时候，副校长要去开会，行行正好路过，就被叫过来看着我们打扫卫生。

C君在拖地，毛球在抹桌子，我在擦玻璃。

大权在握的季同学——检阅之后，先放走了毛球，再放走了C君，他俩双双给我留下同情的眼神。

我无声地隔空传话：是兄弟就留下来陪我。

毛球对我眨眨眼：对不起，我是你的姐妹。

C君也眨了眨眼：我也是姐妹。

看到了没？这就是交友不慎的后果。

他俩消失之后，我拿着抹布怒气冲冲地把玻璃左三圈右三圈再擦了一遍，然后硬挤出一抹笑容回头问行行："季学霸、季大哥、季大神，满意了吗？"

他扫了一眼，随手指了指："这里还没擦干净。"

"季景！你别太过分了！"

他丝毫没被我威胁到，平静地看着我。

几秒钟后，我再度败下阵来："好嘛，好嘛，我再擦一下，您老那边歇着，千万别生气啊，气大伤身、注意身体……"

我万万没想到自己这么憋屈的一段过往，在若干年后，会成为行行说我爱撒娇的一项证据。

"这也算撒娇？你还不如说你当时在吃醋！"

"我确实是因为你和C君出去不高兴。"他说，"但是你撒完娇，我就没有生气了。"

如果撒娇那么有用的话……那就当我是在撒娇吧。

🍓 11.

初中学校离我家就一站路的距离，为了锻炼身体，我没有办公交卡，经常自己走回家。

那时候班上很多人骑自行车，大家关系都很好，于是我时不时可以蹭车回家或上学，曾经创下一个月坐了十二个不同的人的自行车后座的光荣纪录。

行行原来是骑那种没有后座的自行车，非常威风帅气，不知道从哪一天开始，突然加了后座。

毛球骑车带我回家的时候，我们俩还在路上讨论过，我说："他像超级英雄忽然化身奶爸了。"

事实证明，人是不能在背后议论别人的，我刚说完，行行就骑着车从我们旁边过去，身上的气压极低。

第二天，一个和行行关系好的男生勇敢地问了他为什么要给自行车加后座。季行行同学冷漠地说："送我表妹上幼儿园。"

我就说像是奶爸吧！

🍓 12.

行行的确有个小他十岁的表妹，是个特别可爱的小姑娘。

有一次他俩视频，我正好在Ａ市找行行玩，小姑娘喊着要见"嫂子"，他问我愿不愿意视频，我就过去和小姑娘打了个招呼。

我朝她招手说："你好啊，小美女。"

她"哇"了一声："你好你好，大美女姐姐。"

我快被这波互吹笑倒，转头跟行行说："你妹比你嘴甜多了。"

他当时没反应，等到当天晚上送我去酒店时，才重新提起这茬："我教她的。"

"啊？"我才不信。

"教她——有人最喜欢被别人夸好看。"

他一心二用，一边讲话还一边检查了酒店房间的门窗和镜子。我当甩手掌柜，把自己扔进柔软的大床趴着不想动，嘴上还在跟他抬杠。

"所以这不是你的真心话咯？"

他看了我一眼，说："如果不觉得你好看，当初就不会第一次见你，就记住你了。"

我自动翻译成一见钟情，兴冲冲地爬起来，亲了一下他的脸颊。

🍓 13.

如果要评选"最讨厌自家小孩吃零食的家长"，我妈估计一骑绝尘，别人都望尘莫及。

中考之前那几个月学校经常补课，每天的学习就是考试、讲卷子、做题，然后再考试，如此周而复始，我这样的柔弱少女根本承受不了生活的压力。我爸晚上来接我放学，我以泪洗面（假哭），我爸心疼闺女，顶着我妈的强权压迫，带我去超市买了一大包零食，让我塞进桌洞里在学校吃。

我一时春风得意，在教室里天女散零食，见者有份，给大家都分了。

前面提到过，我和行行的座位就隔着一条过道，所以哪怕关系没那么熟，我也不好意思单独剩他一个不分。

季行行其人真的很不合群，有一点儿孤高冷傲，倒不是那种目中无人的高傲，就是让人觉得，在他面前连大声喧哗都是一种亵渎。

刚交往那段时间，我跟他在一起的时候，什么脏话都不敢说，有次实在没忍住脏话的音，发出来后，硬生生改口成"我……猜那家奶茶应该挺好喝的"。

时间推到八九年前，我还是个"中二"少女，不想让别人误会我是想讨好他或者怎么样，于是径直把一包饼干拍在他桌上，他抬头轻飘飘地瞥我一眼。

我原打算非常"霸道总裁"地说"放学前吃完"，结果说出来变成了一句磕磕巴巴的"你、你尝尝"。

我对自己的怂包属性彻底没辙了，灰溜溜地转身回座位。

第二天上学，我发现桌洞里被人塞了一盒巧克力，我四处打量一番，想知道是哪个雷锋做好事不留名，最后对上了行行的视线。

我这才反应过来什么，拆开巧克力，看见里面放了张字条，还是那手好看到一眼认出是谁写的字：礼尚往来。

🍓 14.

行行身上有很多让我很羡慕的地方。

比如极度自律。虽然现在被我带得偶尔会睡个懒觉，但绝对不会超过九点起床，和我这种可以自然沉睡到下午两点的人，简直有天壤之别。

再比如他体育特别好。这点让跑八百米会葬送半条命的本运动"废柴"羡慕得不行。

中考前为了体育加试，学校每天早上安排我们在早操时间跑一千米，这也是我每天最痛苦的时刻，为了躲早上的跑步，我想尽了所有办法。

什么生理期肚子痛啦，帮班主任整理试卷资料啦，昨天回家夜黑风高扭到脚啦……

那也是我想象力最丰富的一段时期。

有一个周五，我已经在这周把所有能用的办法都用了一遍，只好主动跟班主任说，要给班上的同学买点儿运动饮料补充能量。

于是我和毛球借着搬饮料的理由再度逃过晨跑，一箱一箱地把饮料搬到终点，准备分发给同学们。

行行仗着人高腿长，第一个到了终点。

我刚拿起一瓶饮料，还没抬起头，他就从我手上无比自然地接过。我愣了一下，抬眼看他，没回过神。

他说："不是给我的？"

语气平静，但是给我的感觉就是，如果我摇头，会立刻命丧当场。

威武不能屈的陆绒同学当即大声喊道："是是是！"

🍓 **15.**

我们学校是中考的一个考点，我又是班长，在帮班主任收拾东西的时候，看到了考场分布名单，意外发现隔壁学校一个赫赫有名的大学霸，竟然跟我分在一个考场。

我回教室时，兴冲冲地跟我同桌说："等后天考试，我要去跟学霸握握手，沾沾他的灵气，说不定这次能考到七百五十分。"

我们那儿中考满分是八百分，我一般停留在七百四十分的水平线上。

大概是我的声音太大了，被行行听到，他莫名地盯着我看了很久，我总觉得他脸上的表情不是很愉快。

我愣了一下，猜他大概是太紧张了，班长的使命感难得在此时浮上心头，我攒了个笑容出来："课代表加油哇！"

后来中考成绩下来，隔壁学校的学霸考了全市第三，而行行竟然成了匹黑马，跟另一个人并列全市第一。

我一厢情愿地认定，是我的鼓励起了作用。

🍓 16.

我初中班上的两极分化，其实特别严重。

一部分学生成绩很好，还有一部分学生可能连高中都考不上。

形象点儿说，就是有行行这种五好少年，也有"放学别走"的约架分子。

按一般的规律而言，这两种人都互不干涉、泾渭分明。而我和毛球介于两者之间，成绩不错，但是和那些学渣、校霸也可以无障碍地玩到一起。

多亏了这样，他们愿意给我一个面子，所以我们班的纪律没有其他校霸扎堆的班级那么乱。我每天上学进教室，趴在走廊上打打闹闹的男生都会列队站好，齐声道："大姐好！"

虽然现在回想起来分外羞耻，但是当初我一度觉得自己就像港片里的主角那么帅。

行行对此的评价只有两个字：幼稚。

有一次，我和行行碰巧在楼梯口遇上，一前一后进教室。

那群男生愣了一下，然后特别顺畅地改口喊："大姐大哥好！"

当时行行特别冷静、特别镇定、特别临危不惧地点了一下头："你们好。"

反差萌到我在心里狂笑不止。

🍓 17.

我小时候其实是个特别轴，而且要强的小孩。

大概是出生在教师家庭的孩子比较看重成绩，我小学的时候连考九十八分的卷子都不敢拿回家给我妈看，所以我很早就学会了怎么模仿大人签字。

模仿得还特别像，以假乱真到我爸妈都不太能认得出来。

纸包不住火，后来有一次东窗事发，我妈冷着脸一言不发，罚我在阳台上跪了一晚上。

我念小学时家里条件还好，上的是私立学校，每学期要交六千元的赞助费。后来我爸失业再创业的那段时间，赶上我小学毕业要读初中，之前的学校有初中部，但是学费更贵，哪怕我小升初考得很好，可以减免一半的学费，但是对当时的家里来说，还是一笔不小的开支。于是，我主动说要念离家很近的那所初中。

在后来，我曾在心中无数次庆幸自己当初的决定。

我在那所初中度过了我人生中最重要的三年，认识了一群可爱的同学，还有我的毛球和行行。

C君：我知道了，我不配拥有姓名。

🍓 18.

高中军训，是我人生中的第一场酷刑。

我们住的地方没有淋浴，每天要顶着烈日走好几百米去水房打水，然后再拎着两个热水瓶回去爬上六楼。

要不是浑身汗涔涔的太难受，我甚至要放弃做个仙女，干脆不洗澡算了。

那天和同学一起拎着热水瓶往回走的路上，正好撞上行行和他班上的同学一起，外面太晒，我被烤到快要融化，只想赶紧回寝室，连腾出手跟他打个招呼的工夫都没有。

余光瞥见他对他旁边的男生说了什么，然后几个人就走过来，刚和行行在说话的那个男生，笑眯眯地说要给我们帮忙。

我还没反应过来，行行就顺势接过我手里的热水瓶，一路帮我拎回了寝室。

我从口袋里掏出两块准备随时给自己补充点儿能量的巧克力，递给行行作为谢礼，等巧克力捏在手上，才惊觉都被太阳晒化了。

我想缩手收回来，却被他很快地拿了过去，直视着我的眼睛："没关系，我就喜欢这个。"

🍓 19.

我高一时为了一张奖状去报名了学校的国旗班，每周一都要穿一身特别帅的制服去升国旗。

有一次，行行代表他们班做国旗下讲话。

他讲了什么主题我早就忘了，光记得他刚讲完时，我为了给昔日的同学捧场，情不自禁地拍手鼓掌。在一片静寂中，我的掌声显得尤为刺耳。

主持人没忍住，笑出了声："看来刚刚这位同学的国旗下讲话非常精彩，让咱们国旗班的同学都忍不住鼓掌了。"

我的脸一瞬间爆红。

All dreams

Part3.

初次恋爱，
请多指教

are about you

🍓 01.

周围的朋友都说我毫无少女心。

第一次被这么说的时候，我还在读大学，当时觉得我好歹也是写过很多言情小故事的人，怎么就被这么说了？

我很生气，且不服。

邻床的室友幽幽地探过脑袋来控诉我："上周那个男生，你还记得你是怎么让人家心碎的吗？"

我回想了整整半分钟，才想起她说的那个男生是谁。

那是我在法语公选课上认识的同学，法语老师建了个打卡大群，让我们每天在群里发三十秒以上的语音朗读。

有个男生通过群加了我的微信，又半天不说话。

我以为他是来问作业的，直接把我拍照的作业记录发给了他。

结果他发来三个点点点，我一脸莫名地问："还有什么事吗？"

男生这次回了一句："没事，就是觉得你是个挺有趣又好看的女孩子。"

"哦……谢谢，我还以为你来祝我青年节快乐。"

事后我也不知道当时的自己是怎么脑回路跑偏的，回了这么一句，还觉得自己的猜测特别有道理。

只能说，我最后能找到男朋友真的很不容易。

🍓 02.

在大数据这个概念兴起之前，我很早就喜欢统计数据，总结规律了。

小学的时候，我坐在我爸的自行车后座上，自己琢磨出了学校食堂阿姨荤素搭配、排列组合的规律，凭此，跟班上同学打赌中午吃红烧排骨还是油焖茄子，从来没输过。

后来我看小说以后，还把这种数据统计的思想应用在言情小说里，那段时间，我一直在算校园文的女主都是在什么时候脱单的。

最后发现了一个以"大二为中心"的正态分布曲线。

于是到大一过完，我们寝室还有三个人单身的时候，我和室友说了这条规律，然后安抚大家："我们不着急，不着急！"

然后呢？

然后大二也过完了。

我还在振振有词地说："这不是还有一些漏网之鱼的女主，大三才见到男主的！"

话虽这么说，但那个时候，我心里已经做好准备，毕业以后就被我妈打包送去相亲了。

感谢天，感谢地，感谢季行行，救我于水火之中。

🍓 03.

刚和行行在一起的时候，我其实很有危机感。因为他优秀且努力，我懒散又咸鱼，我怕他是太久没有和我当面接触过，对我的印象还停留在好几年前，被记忆这个滤镜美化了，所以最初我和他的相处堪称小心翼翼。

汇报每天行程的时候，我都这么说："今天我在图书馆待了整整一天！"

话是这么说，但其实有一半的时间，我都在激情阅读言情小说。

可能是我演技不好，表现得太明显了，有天晚上出图书馆的时候，行行给我打来了电话，开口第一句话就问我："陆绒，你很怕我吗？"

我也不知道为什么，明明以前并不怕他，起码是没有那么怕他。

后来我想到了一句话——由爱故生忧，由爱故生怖。

所有的担忧和恐惧，都只是因为喜欢。

🍓 04.

前面说过，我妈妈是老师，爸爸在我升六年级的时候从工厂离职出来，自己创业做生意。所以有很长一段时间，我们家的家境都不太好。

有次数学课，老师教大家使用计算器，班上的同学买的都是很贵的、外形就很好看的那种计算器，我用的是爸爸之前工厂发的老式计算器。

我知道不该攀比，但是面对别人异样的目光，心里还是会觉得难受。

小时候出去旅游，别的小朋友会买各种纪念品玩具，我从来没有要过，我说："我不喜欢。"

这就导致我小时候的玩具很少。

有次我爸出差，在火车上给我买回了一个按一下就会闪闪发光的弹弹球，直到现在都被我收在储物盒里。

大概是从小就学着克制自己的物质欲望，所以哪怕现在家里条件好起来了，我也很少提出什么要求。

我和行行说："我好像有一点儿抠门，每次想买什么东西，明明负担得起，却要犹豫好久。"

他说："你对身边的人会这样吗？"

我想了想，说："不会。给家人朋友买东西，我就会觉得是应该买的。"

他说："那就不是抠门。"

我问："那我这叫什么？"

"是在让我心疼。"

🍓 05.

大三那会儿，我和行行刚恢复联系没有多久，我打算考研，可高数相关的科目都学得不太好，期末考全靠临时抱佛脚划水才过的，而我们这个专业偏偏对数学的要求挺高，我的日常就是抱着数学书以泪洗面，室友在旁边帮我伴奏一曲《一剪梅》。

那天有道题目，我做了一个多小时，答案也给得很简略，我看不懂，心里着急，胸口像堵住了，喘不过气来，特别难受。

我趴在桌子上，恶狠狠地盯着高数书发动态："包月奶茶，诚聘老师教我《高等数学》《线性代数》《概率论》，火热招聘，即刻上岗，无须等待！"

周围一堆损友都是打算来骗奶茶喝的，行行宛如一股清流夹在里面，说他学得还行。

他这个人从来是有十分也只说五分，谦虚得让人想揍他。他说还行，那就肯定是学得很好了。

我果断把题目拍下来发给他，他很快写了解答过来，每个步骤都特别详细。

　　我在心里感叹，时间真的会改变一个人，换到中学那会儿，他大概写完"解"，后面就紧跟一个答案，从来不知道正常人是怎么做题的。

　　其实他那段时间在准备一个建模比赛，也很忙。他老人家百忙之中帮我做题，我心里过意不去，问他想喝什么奶茶，打开软件准备给他点外卖。

　　他说不喝奶茶，我就问他要什么别的报酬，这次，他过了一段时间才回我："等想到了再说。"

　　时过境迁，最近一次我们约会，地点在高中附近的一家小餐馆，吃饭时看到隔壁桌有小男生在教小女生写作业，让她每天请他喝一瓶苹果汽水。

　　我忽然很严肃地叫行行："季景，没想到你是这种人。"

　　他正在点菜，闻言，明显被我吓到了，手僵在那里，转过头看我，没说话。

　　我幽幽地说："我比奶茶值钱多了。"

　　他顿了一下，过了几秒钟才反应过来我在说什么，"嗯"了一声。

　　我感觉自己被敷衍了："就这样吗？"

　　他放下菜单，拍了拍我的脑袋，说："所以我在做有效投资。"

🍓 06.

毛球在一家教育机构当老师，每天接触的都是下至十一二岁上至十五六岁的小孩子，其中帅气的小鲜肉数不胜数，每次群里聊起这件事，大家都表示很羡慕。

又有一次提起，我说：有没有照片啊？我也想看小鲜肉！

群里安静了两秒，忽然开始排队形。

毛球：已抄送贵方家属。

同学A：赞成楼上。

同学B：赞成楼上。

做贼心虚的我先跑去问行行："你有没有高中时候的照片？"

行行说："没有，但是我有你的。"

"啊？"

他很快发来一张照片，隐约看出是我们高中学校宣传栏上的。

那个时候的相机像素还不高，照片是冬天拍的，我穿着姜黄色的羽绒服，扎马尾、薄刘海，眉眼都模糊得看不太清了，照片底下那行座右铭却特别清楚："上最好的大学，吃最好吃的食堂。"

往事不堪回首，我羞耻得恨不得一头撞死在棉花上。

"后来，我发现我们学校的食堂就很好吃，一直想什么时候有机会带你来吃。"行行在后面这么说。

我重新恢复元气："订好去 A 市的机票了，周六记得来接你亲爱的女朋友去吃你们学校的食堂。"

🍓 07.

微博某天弹出一个话题，大意是"你平时和另一半聊天，谁说的话比较多"。

我一边戳进去一边想，我和行行之间，明显我的话赶超他十倍多吧？

热评区有个女孩子晒了一张长图，是她和男朋友的聊天记录，图上显示，她每次说一串话，男朋友都只会回一两声"嗯""哦""我睡了"，底下都在说"心疼小姐姐，早点儿分手吧""一看这么敷衍的回答就知道他不爱你"……

我心里不由得咯噔了一下，但又有个声音立刻出来反驳，说季同学肯定不一样。

于是，我马不停蹄地跑去翻我们俩的聊天记录，结果发现我们发的对话框数量几乎一样多。

相较而言，我的字数多一点儿，但无论我发什么，他看到以后都会回复。

我问几句，他就会相应地回几句。

忘记哪天我提起这件事，行行给我解了惑："我是不喜欢说话，可是想追到一个话痨女朋友，好像必须要多说话。"

我先是感动了三秒，随即反应过来：你说谁话痨？

🍓 08.

我在家的小名叫"跳跳"，因为我小时候肢体不协调，很晚才学会走路，一直不会跳，大人就叫我"跳跳"，希望我能早点儿学会跳。

长大后跳远都跳不到自己身高的我觉得，这个小名起得没有一点儿用处。

反而是让我周围的朋友在知道我的小名以后，多了一种调侃我的方式：

"我今天走在路上，情不自禁，蹦蹦又跳跳。@陆绒"

"学校体测，跳远的时候，我一跳跳了两米三。@陆绒"

最开始还是这些损友在拿这个小名玩梗，我没料到有一天，我按惯例给行行发消息问"你在干什么呀"时，他会回我："在吃跳跳糖。"

呸！

他除了被我强塞糖果，自己根本就不吃糖！

🍓 09.

我有一个怪癖，不太喜欢跟人牵手。

其他女孩子结伴出行总喜欢手拉手，我最多跟朋友挽着手臂，或者搭个肩。我跟我表弟一起出门更奇葩，我喜欢拽着他的一条胳膊，然后从身后像押解犯人那样押着他往前走。

我表弟每次都一脸心如死灰，如果脑海里的想法可以具象化，那我估计我表弟脑子里都被弹幕刷屏了："我是谁？""我在哪儿？""我为什么这么可怜？"

我和行行读大学时，大多数时间处于异地恋状态，能见面的机会并不多。

之前每次一起轧马路都是肩并肩，隔着大约一拳距离，从远处看基本看不出有什么关系，最多像是失散多年的亲兄妹。

后来我胆子大一点儿了，就拉住他的袖子，他向来什么都随我，自然不会反对。

真正的第一次牵手，还是因为洒水车的助攻。

那时我手正搭在他袖子上，洒水车过来，他很自然地手向下反握住我的手，把我拉到了一边。就这么出乎意料地牵手了。

初中以后，我虽然个子在长，可手脚好像单方面宣布独立，并不跟着一起长。我穿三十四码半的鞋，手也像小孩子的手，可以被行行牢牢包在掌心里。

他的手很热，肌肤相贴的地方能清晰地感受到心跳，我调戏他，说："你心跳得好快啊。"

行行很官方地回答："牵手并不能感觉到对方的脉搏。"

言下之意就是——那是我自己的心跳。

我被他的直男回答噎了一下，一时间恼羞成怒："是我自己紧张，行了吧！"

我气鼓鼓地要从他掌心挣脱，他却握得越来越紧，我力气不敌他，只能放弃挣扎了。

脾气来得快去得也快，还没过半分钟，我就开始觉得自己生气生得莫名其妙，琢磨着怎么跟他先服个软。

行行却忽然开口叫我，声音很轻："陆绒，我其实也很紧张。"

🍓 10.

有的时候，我觉得自己也没什么资格吐槽行行是直男思维。

我对日期之类的非常不敏感，有几年连自己的生日都记不得，唯一印象深刻的是我爸我妈的结婚纪念日。因为每年这个时候，我爸都会打电话给我，让我订餐厅、订电影票、订玫瑰花。

我妈嘴上说不要，其实脸上的笑容早就把她出卖了。

可怜我小小年纪就要被塞一嘴狗粮。

我和行行在一起满一百天的时候，我还在准备考研，有的时候嫌自己带手机去图书馆的效率低，就会把手机锁在寝室的抽屉里，然后背着书包去自习室待一整天，晚上再回去已经是十点多了。

手机屏幕显示了好多消息，最上面一条提醒我今天是个什么日子。

我心里一紧，戳开和行行的对话框，发现他在两个小时前发来了几张照片。

是他在学校天文实验室用望远镜拍下来的月亮，在天际散发着莹亮皎洁的光。

这个人啊，浪漫的点都和别人不太一样。

还好我懂。

但愿人长久，千里共婵娟。

🍓 11.

大四下学期，受学院邀请给学弟学妹们做考研经验分享的时候，我说："初中有段时间，我的数学成绩特别特别差。"

底下一众学弟学妹看着我考研数学一百四十七分的成绩，纷纷陷入沉默，每个人的脸上好像都写着"秀成绩也要适可而止"。

这年头就是说实话也要被人打。

前十几年，我的确没在学业上遇到过什么棘手的难题。初中那会儿，是我第一次觉得原来数学这么难，我至今还记得晚上放学回家，我对着圆心角、圆周角等一系列公式看得两眼发晕的痛苦。

行行跟我不一样，作为一个尽忠职守的数学课代表，满分一百二十分的时候，他没低于过一百一十九分，满分一百五十分的时候，他没低于过一百四十九分。

反正就是让人嫉妒得想打他。

那个时候，我苦于数学成绩无法提高，走投无路之下和毛球说："要不我们俩换个座位试试？万一近朱者赤了呢？"

被班主任安排跟行行同桌，瑟瑟发抖的毛球跳起来给了我一个熊抱，感谢我来救她出苦海。但是开心了三秒后，她和C君都觉得我会被行行拒绝。

因为那个时候，大家都觉得他是个特别爱安静的人，而我太闹了。

我们三个幻想了一下，我去找班主任换座位，然后被行行在众目睽睽之下拒绝，然后再灰溜溜地搬回原位的惨烈场面，沉默了三秒。

毛球说："我不允许我的姐妹被人拒绝！"

C君说："季景又怎么样！就能欺负我们陆绒吗？！我们陆绒

的数学不能靠自己学好吗！"

我拍案而起："说得好！我今晚就回家刷题！"

行行完全不知道，在他背后发生了一场怎样以他为主角的旷世大戏。

反正那天以后，我难得上进心发作，刻苦啃了好几本数学教学参考书，成绩又慢慢上来了。

时过境迁，我把这件事当作笑话告诉行行，明明心里有了答案，偏偏还要问他："如果我那个时候真的和毛球换座位，你会拒绝我吗？"

行行毫不犹豫地说："会。"

"嗯？"

晴空一声霹雳，是我被打脸的声音。

行行说："你会影响我。"

我沉痛地叹了一口气："今天也是冷酷无情的行行。"

他抿了抿唇，忽然把电脑放在一边，坐到我旁边，很认真地看着我说："我不想早恋。"

🍓 12.

初二有一次，全班组织去少年宫看科技展，少年宫的旁边就是电玩城，于是班主任让我们就地解散之后，我们一群人像一群脱了缰的野狗，差点儿把电玩城的大门堵住。

唯一没想到的是，行行也跟着来了。

虽然技术不好，但我很喜欢玩电玩城的投篮小游戏，那次当天投篮前三还送一个超大超可爱的流氓兔娃娃，我就更走不动路了。

我瞄准了一台摆在角落的篮球机，干脆一不做二不休地在上面垫了很多纸巾，然后爬到机子上近距离作弊偷懒。

当时一时兴起毫不费力地爬了上去，结果下来的时候才惊觉：这么高的台子我也爬得上来？

毛球他们都在别的地方玩，游戏大厅里人声鼎沸，我喊他们也听不见，只能靠自己手撑着台子，慢吞吞地爬下来。

差点儿踩空的时候，腰上被人扶了一把，一转头发现是行行。

他像是单纯从这里路过，做了一回好事之后，招呼也没跟我打一下就走了。

但我向来知恩图报，去前台兑换了流氓兔之后，特地跑过去找他："这位好心人，跟你分享我的战利品呀。"

结果被他嫌弃幼稚！

十年后，那只做工精良的流氓兔还完好无损地待在我的床上，而我终于能微笑着逼行行说出："兔子和你一样可爱。"

🍓 13.

　　我和朋友去年夏天约着去重庆玩了一趟，本火锅十级爱好者一出机场就如鱼得水，在重庆待得乐不思蜀，连早餐都吃一碗辣乎乎的红油抄手。

　　谨慎如我，发朋友圈晒各种一片红彤彤的美食的时候，自觉屏蔽了行行，因为不用想也知道如果被他看见，肯定会收获好一顿唠叨。

　　结果我万万没想到，我们的一个共同好友截图了我的朋友圈，重新发了一条，并配字："有些人死了，他还活着；有些人活着，我们想把她埋了！"

　　他还特地艾特了行行："快来管管你老婆！"

　　我早该知道纸是包不住火的。

　　原先如果没有屏蔽行行，我犯的错只是背着他疯狂吃辣，现在罪加一等，变成先斩后奏还企图欺君罔上。

　　我既凤又怕地给他打电话，解释了半天，那边只淡淡地回了一句："你不想告诉我，我就当作不知道。"

　　他那个时候也是在外地出差，每天工作很忙，后面没说几句就挂了电话。

　　明明是自己做得不对，但那个时候莫名有股情绪堵在胸口，让我觉得好委屈。

第二天生理期准时造访，我才明白自己为什么会忽然那么矫情。

这下子，什么火锅串串冰粉彻底泡汤了，朋友看着我每顿饭灌一杯红糖水。

本以为旅行赶上吵架冷战和生理期已经很惨了，结果真的"屋漏偏逢连夜雨"，回家那天飞机晚点，还下了大雨，在机场排了快两个小时的队才打到车回家。

路上点了一大堆吃的喝的外卖，准备好好躺在沙发上休息一会儿的时候，家里的门锁竟然坏了。

堵塞了一路的情绪在我怎么用力都拧不开门锁的那一刻彻底爆发，我坐在行李箱上，止不住地想掉眼泪，最后给一起出去的朋友发消息："你到家了吗？我家门锁坏了，我马上拿着外卖去你那里挤一晚。"

那边半天没回复，楼道里传来了脚步声，我正以为外卖来了，抬眼望过去，却看见顶着一头湿发，衣服上淋满了雨的行行。

在我的记忆里，还没见过他这么狼狈的样子。

我一声哽咽还卡在嗓子里，含糊地问他："不是要明天才回来吗？"

他把我从行李箱上抱下来，说："提前回来跟你道歉，不应该因为生气就对你发脾气。"

我本来还没想哭的，听到这句话就真的忍不住要哭了。

"行行，跟我结婚肯定是你这辈子最倒霉的事。"

"那我也甘之如饴。"

🍓 14.

很多时候，我都觉得自己是那种苦情剧女主角的天选之子。

比如，我二十几年的短暂生命里十分多灾多难。

小时候我因为肢体不协调，走路经常会摔倒，别的小朋友知道摔跤护着脑袋，而我呢，可以直挺挺地抱着柱子撞上去，躲都不躲一下。

大概是四岁时，有一次摔得特别严重，那时候我住在社区大院里，路边有户人家在烧炉子，我就直接摔到了炉子上，脸瞬间被烫出了几个大泡，后来想想都一阵后怕。

我打小就很不爱哭，我妈说那时她都急哭了，而我除了一开始被痛出几滴眼泪，后面就眨巴眨巴眼睛盯着她，不知道发生了什么，像个小傻子。

还好上天眷顾，没让我毁容，现在我跟朋友说起这一段，他们都要来捏捏我的脸，表示不相信。

我最近动的一次手术是牙齿做根管治疗，因为要拔除神经，医生随时会"扎"你一下，测试神经有没有拔除成功，所以也不能打麻药。

我发誓我这辈子没有这么痛过，可能把我一年的眼泪都流光了。

结束后，我捂着脸颊给行行打电话，声音还有点儿哽咽："行行，你女朋友真的好惨。"

千里之外的行行下了指令："所以以后不许喝奶茶了。"

"这就算了吧……"我悄咪咪地跟他打商量，"我觉得奶茶是无辜的！"

他非常高冷总裁地说："可我不允许有伤害我女朋友嫌疑的东西再在她面前出现。"

我当即掏出小本本记下："这句话好！我留给下篇小说的男主角用！"

🍓 15.

我大学寝室对床的女生外号"小柠檬"，我和她自创了一种中文式英文的对话方法。

举个例子，每次考试前，我会给她发消息：

"You fuxi finish le ma？（你复习完了吗？）"

她就会回复我："I yizhi zai play mobile phone。（我一直在玩手机。）"

两个高分考过英语六级的当代大学生，竟然用这种方式交流，看上去卑微又心酸。

有一次，我刚和小柠檬聊天完，顺势给行行发去了关怀信息。

"You zai do shenme ya？ Have dinner le ma？（你在干什么呀？吃晚饭了吗？）"

消息发过去，我才反应过来聊天对象换人了，担心行行不能领会我的意思，又想好不容易有机会可以站在智商高地鄙视他了，于是我什么也没解释。

三分钟后，手机振动了一声。

行行："Zai wait my girlfriend to send me a message。（在等我的女朋友给我发短信。）

很有灵性，深得我的真传。

🍓 16.

不太好意思地说一个小秘密，我小时候其实特别黏我妈，这就导致我从小学三年级才开始一个人睡觉。

一开始不习惯，我睡觉时一定要开着灯，但是这个世界上有个词叫作物极必反，所以不知道从什么时候开始，我又变成了睡觉完全不能有一丁点儿亮光。

我和行行夏天去厦门玩，住在鼓浪屿岛上的民宿，那里的太阳光太亮了，拉上窗帘也没什么用，早上阳光最强烈的时候，我在梦里睡得都不安稳，半梦半醒间，感觉到有人用手遮住了我的眼睛。

我从梦里挣扎着醒来，咕哝着对行行说："你这样不累吗？我还有个办法。"

说完我就翻了个身，自觉地钻进了他怀里，脸抵住他胸膛。

机智如我，这样就什么都看不到了。

等坐上从厦门回家的飞机，我才忽然想起，为什么就没想起买一个眼罩呢？！

而行行这种心思缜密的人竟然也完全没有提醒我！

🍓 17.

我和行行都是计划性很强的人，去哪里都会做好完备攻略，和女生朋友一起出去玩的时候，我一般是从订车票、订酒店到安排行程一条龙全包，所以这次和行行一起去厦门玩，我才知道当个"米虫"有多快乐。

前一天，我们约好在一起对一下行程，其实就是我坐在一边听听他的安排。

看他这么辛苦，我主动给他捏肩捶腿。

他一把拉住我在他旁边坐好，说："你安分点儿就是帮我最大的忙了。"

🍓 18.

结果我还是没办法做到安分。

闲下来后，我又开始干老本行，到处查攻略看行程。

"我们去中山路吧，好像这里的小吃特别多！"

"嗯。"

"哇！我看他们说这里可以坐渡轮，我们也去这儿看看吧！"

"嗯。"

"这边有几家店的裙子都好漂亮的，我想去买！"

"嗯。"

"你怎么什么都'嗯'？给点别的反应？"

行行没说话，把电脑屏幕挪向我，我这个时候才仔细看，他那份攻略上早就把这些地方都写过了。

"果然是心有灵犀！"

其实我知道，才不是什么心有灵犀，而是我所有的喜好，都早被他纳入考虑中啦。

🍓 19.

厦门好玩的地方特别多，光是鼓浪屿，我们就在上面待了三天，才慢慢把景点都逛完。

我是重度网瘾少女，行走坐卧手里都不能离开手机，行行一路提醒我好几次看路，我还是一边刷地图一边蹦蹦跳跳着出酒店，结果酿成惨案，我没看到台阶，一步迈下去，扭到了脚。

怕丢脸的我咬牙强忍着，可是我的脚踝自从高中扭过一次以后就变成了习惯性崴脚，剧烈的疼痛让我心惊胆战，害怕自己又崴到了。

行行一眼看出来我的异常，在我面前半蹲下身。

我没动："我自己可以走，走慢点儿就行了。"

他说："想让我背还是让我抱？"

那还是背吧……

幸好上天眷顾，没让我真的崴到，很快就能从行行背上爬下来了。

吃一堑长一智，这次把手机放在他那里，动都不敢再动一下，还心有余悸地一路都拉着他的手。

🍓 20.

我有个比我小一岁的表弟，因为长得酷似年轻时候的霍建华，尤其是卷翘的睫毛一模一样，于是我们都戏称他"小霍"。

我和小霍打小一起长大，他家里各种动画片的碟片特别多，没有一个小孩子能抵抗得住这种诱惑，我每次一放假就去我小姨家住。因为小姨家没有客房，所以我小时候还和小霍睡过一张床，经常在关了灯以后给他讲鬼故事。

现在小霍变成进鬼屋玩都面不改色，还能反吓工作人员的可怕人物，功劳一大半归我。

我们这地方的习俗是整十岁要办酒席，还要拍一套艺术照留念。小霍十岁那年拍艺术照的时候，有一套是穿西装的，当时摄影师让我穿纱裙跟他一起合照。

后来行行来我们家，我妈热情地给他看我小时候的相册，翻来翻去就看到了我和小霍的合照。

他冷静地问我："这是谁？"

我笑呵呵逗他："还能是谁？我的小竹马啊。"

他点头表示知道了，然后又问："很熟？"

我立刻说："不熟不熟，就是以前一起睡过觉的关系。"

这个人明明当时就猜到我们的关系了，还非要说："熟也没关系，现在跟你一起睡觉的人是我就行了。"

🍓 21.

我上一次剪短发还是上大学的时候，那时还没和行行在一起，望着一地飘零的头发，我无比后悔地跟毛球说："我发誓！我在找到男朋友之前，绝对不会再剪头发了！"

毛球回了一句："姐妹，我不想看你长发及脚踝的样子，乖啊，咱们这么穷，负担不起洗一次头用完一瓶洗发水。"

一年以后，我和行行在一起了。

毛球想起这茬，痛心疾首地跟我说："为了剪头发，你不用做到这个地步吧！"

不，这一切都是上天注定的。

哪怕我的誓言已经破了，我也没有再剪过短发，到现在为止都还是中长发。因为我以为行行的审美标准是这样，他手机里存的我所有的照片都是齐肩发的。

有一次，在网上刷到一个特别好看的短发发型，我控制不住想去找理发师，去之前小心翼翼地问行行："你觉得我剪这个发型合适吗？你的审美标准是不是特别直男的那种长发飘飘款？"

行行摇头，他说："我的审美标准，一直都是你。"

而他之所以保存的都是我长发的照片，是因为他没有真正见过我短发的样子。

这个人，不光浪漫的点跟别人不一样，吃醋的点也不一样。

🍓 22.

大四的时候，行行选择保研到北京，因为我要考的物理所也在北京。

但实际上，他大学跟的几个项目导师都希望他可以出国。

他跟我坦白过，也确实收到过好几所常春藤学校的录取通知书。

我说："为什么不去呢？反正你等我等了这么多年，我现在多等你一会儿也是应该的。"

"研究生的导师是我很早以前就联系好的，我自己选好的未来和我喜欢的人都在北京，我没有理由不留下来。"他这么回答我。

虽然感动，但是我很长一段时间都害怕自己成了耽误他前程的那个人。

后来去到北京，发现我们直线距离甚至不到两公里，忽然又无比庆幸他留了下来。

余生虽长，但相爱的人总是分秒必争。

🍓 23.

研究生时期，我的"老板"是个特别好玩的"老顽童"，在专业领域是个首屈一指的"大牛"，但是平时生活中有一大堆令人咋舌的怪癖。

比如，他特别喜欢吃脆脆鲨，我们办公室里常年摆满了脆脆鲨的盒子，老教授还丝毫不藏私，喜欢与民同乐，给我们一人发一盒。

导致有段时间我被脆脆鲨噎得看到红色包装纸都觉得心梗。

我有个博士生师兄，平时常带着我一起做项目，我俩师兄妹情深。

具体体现在，每次老板发脆脆鲨的时候，师兄就会推过来给我："师妹，你吃吧，师兄饿着没关系的！"

我感动得眼泪汪汪："师兄，还是你来。"

"师妹，师兄怎么能跟你抢呢？"

"师兄，我孔融让梨。"

一通你来我往的推拒后，脆脆鲨还是被我带回去了。

我无奈地望着盒子叹气："那给我男朋友吃吧。"

师兄呵呵冷笑："怎么，不吃脆脆鲨，改让我吃狗粮了是吗？"

🍓 24.

我一直想养只宠物，小猫小狗之类的，每次回家打开门，能看见软软的一团扑进我怀里，人生的幸福感一瞬间就可以达到满值。

但我是很典型的叶公好龙。

一个表舅家的姐姐养了只小泰迪，每次去这个姐姐家玩，小泰迪一见到我，就立马热情地趴到我裤脚上，我表面镇定自若，心里又痒又怕，浑身泛起鸡皮疙瘩。走在路上的时候，哪怕看到超级可爱的柯基犬或者萨摩耶，我也只敢远观，连靠近一点儿都不敢。久而久之，行行也知道我怕狗了。

那天我们走过一条巷子，巷口前的电线杆上拴着一只中华田园犬，看起来又呆又傻，有一股二的分的萌感。

我见它被绳子拴着，觉得没什么危险，鼓起勇气走近一步，冲他"汪"了一声。

结果，我被田园犬中气十足的一串"汪汪汪"吓得魂飞魄散，飞快地躲到行行背后，握紧他的衣角。

"行行，它要咬我！"

行行非常不给面子地拆穿我："因为它看你比较想咬它吧。"

他又问我："还想养宠物吗？"

我愤愤地趴在他肩膀上，"呜汪"一声。

"不要什么宠物了，家里已经有一个了。"我说，"你宠我就好了。"

🍓 25.

那个姐姐家的泰迪年前生了好几只小狗，我妈丝毫不顾及她可怜的怕狗的女儿，抱了一只回家养。

我心痛地质问我妈，我妈还翻了个白眼对我说："你现在一年能回家待几天？还不如渐渐陪我的时间长。"

是的，小泰迪的名字都起好了，还是我亲自起的，叫"渐渐"。

最开始是因为我觉得这只狗小小年纪表情就贱贱的，但是做狗也是有尊严的，直接给人家起这种名字不太好，刚巧那几天在单曲循环周杰伦的《晴天》，这么多年以来，他的歌一直在我心中排行第一。

故事的小黄花，从出生那年就飘着。

但偏偏，风渐渐，把距离吹得好远。

我把它悄悄改成——但偏偏，风渐渐，把你吹到我身边。

🍓 26.

除了怕狗这点，面对其他事物，我都觉得自己的胆子特别大，天不怕地不怕。

以前念高中时，有一次，我一个人大晚上在家看一部泰国的高分恐怖片，名字叫《死神的十字路口》，是四个小故事单元，据说一个比一个吓人。

当时我家里的电脑还是台式机，放在书房里面，但是书房的灯坏了，一直没来得及修，我觉得黑暗里看恐怖片更有诡秘的气氛，于是就将就着正襟危坐在电脑前，开始看恐怖片。

结果第一个小故事完结的时候，某不明物体的脸正好印在屏幕上的那一刻，家里跳闸了。

一瞬间，空调停止了轰鸣，电脑屏幕微弱的光线也彻底暗了下去，书房外的灯齐刷刷灭了，我整个人呆坐在电脑椅上，反应过来后做的第一件事是镇定地走到玄关前，把总闸的盖子打开，电路总闸拉下，一秒后，世界恢复光明。

我和朋友们说起这件事时，他们都让我退出恐怖片界，说我这种丝毫不会被吓到的人不配看恐怖片。

还有几个跟我一起看过恐怖片的朋友一脸控诉："呵，陆绒，你永远不会知道，和你一起看恐怖片，可怕的不是恐怖片，是你。"

我答："我现在知道了。"

不就是因为我会忍不住手痒，在紧张刺激的时候偷偷拍一下他们的肩吗？！

我好委屈！

我和行行也一起看过一次恐怖片，是一部香港老片，很有年代了，我好不容易才搞来的片源。

月黑风高的晚上，我把家里所有的窗帘都拉上，灯也关了，行行被我拉进小毯子里，在投影墙上放电影看。

其实这部片子并不是很吓人，就是音效做得不错，故事发展到高潮的时候，我再次忍不住伸出了罪恶的左手，出其不意地拍了行行一下。

他立刻转过头垂下眼看我，脸上没什么被吓到的表情。

我说："啊？！你不怕吗？"

他说："我以为你有什么别的意思。"

我这才发现，不知道什么时候，命大又胆大的男女主角就在凶宅里亲上了，还亲得缠绵悱恻。

"我没有！"

🍓 27.

我爸很喜欢喝茶，行行第一次上我家时，带了好多茶叶，给我妈送的礼物，也是他从家里各种亲戚姐姐那里打听来精挑细选的护肤品。

我说："你这看上去一点儿也不像第一次上女朋友家。"

行行说："已经计划很久了。"

我笑他："那你就是图谋已久，终于有名分了。"

他没有否认："所以谢谢你。"

当时的气氛一点儿也不煽情，我却觉得说这句话的行行好温柔。

我之前在一篇文里写过，"对不起，进入你的生命，成为你割舍不掉的人"，我在这里自动把行行的这句话变成——

谢谢你，进入我的生命，成为我割舍不掉的下半生。

🍓 28.

不知道有没有人跟我一样，去电影院看电影必须要点爆米花，而且还要抱着一大杯冰可乐，不然看电影的乐趣少了一大半。

行行这个没有生活趣味的人，出门常常自带水杯，跟我有着天壤之别。

贺岁档上映了好几部口碑颇高的电影，大年初二的中午，我买了电影票和行行一起去看。鉴于新年新气象，我提前跟他约定好，年初七之前，不管我干什么都不许管我，避免我们新的一年从吵架开始。

于是，我就美滋滋地去柜台，准备买我的"观影黄金搭档"了。

行行不吃，我打算点一个单人套餐，抬头看见影院的广告牌上赫然写着：单人套餐一杯可乐，一份小爆米花，三十三元八；情侣套餐两杯可乐，一份中爆米花，二十九元八。

我对了好半天，确认没看错价格，开始替广大单身狗在心中骂这个看不起人的电影院！骂了半分钟后，蓦地想起，我现在和单身狗又有什么区别？

理科生的职业素养告诉我，我不能白白吃亏。

最后，我咬牙抱了中桶爆米花和两杯可乐过去找行行，怕他误会，还提前声明："我一个人可以解决的！"

当时，我两只手各拿一杯可乐，怀里紧紧抱着爆米花的姿势，像极了抱着蜂蜜罐的熊大。行行大概是看不下去了，伸手帮我接了两杯可乐过去，边接还边皱了皱眉。

我心惊胆战地以为可乐要命丧垃圾桶的时候，他用手焐着杯身说："太冰了，等温一点儿再给你。"

看着行行的手被冰可乐冻到微微泛红，我忽然觉得可乐一点儿也不好喝了。

🍓 29.

在我所有屡教不改的坏毛病中，行行最无法忍受的一项就是囤零食。

比起吃零食，我更喜欢一箱一箱地往家里买零食，导致吃的速度赶不上买的速度。家里时不时会有一些零食过期了，而我还完全意识不到要把它们丢掉。最近一次行行跟我吵架，就是因为在柜子的角落又发现了一大包去年买的膨化食品。

行行说："快丢掉。"

"我再仔细看看啊，这里面还有两包没到保质期呢。"

"在保质期结束之前你也不会吃了。"

我恶人先告状："你怎么知道！没准我今晚就吃完了呢，你为什么对我这么凶？"

眼看火药味渐起，行行忽然平静地说："黄瓜味的薯片你半年前就说再也不想吃了，芝士条你也说吃够了，那个山药片太辣了，你最近口腔溃疡不能吃辣的。"

"哦……"

我不怕行行跟我吵架，最怕他用这种语气跟我讲道理，还每一句话都是关心和在意。

我的气焰一下子全灭："扔就扔，谁让我宠我老公呢。唉，我——陆绒，为了维护夫妻关系和谐，能屈能伸。"

一句话又把行行逗笑了。

"扔垃圾的时候，带你去楼下超市买新的。"

🍓 30.

我的睡姿特别老实。

作为一个多动症潜在患者，我一天之中最老实的时候就是躺在床上时，侧着身，一个人裹着一点儿被子，窝在床边，身体蜷缩成虾米，可以安安静静地睡一晚上。

不过，从一米五的床搬到两米的床——也就是和行行一起睡以后，我的睡姿就发生了一些变化。

夏天空调的温度开得低，我要缩在他怀里取暖，冬天就更冷了，我还是缩在他怀里。

哦，你问北京的冬天没有暖气吗？

有也不影响我说"冷"！

🍓 31.

认真说起来，我的脑回路确实有点儿异于常人。

比如初高中时期，大家都在玩 QQ，把好友分组弄成各种特别文艺的格式，但我的 QQ 好友分组名称从那时起就是 A、B、C、D、E 的字母排序，正常人都看不懂是什么意思。

其实很简单，就是按小学同学、初中同学、高中同学、大学同学、网友、同事等分类，A 是单独的一组，在最上面，行行作为初中同学，分类在 C。

鉴于我本人很懒，而且现在大家都不怎么用 QQ 了，所以哪怕我和行行谈了那么久恋爱，也没想过给他换个分类。

有一次，他在我家陪我爸多喝了两杯，回家的时候，他忽然站在家门口，很严肃地叫住我，看我的眼神还有点儿委屈，问我："他是谁？"

我一头雾水："哪个他？"

行行不说话，就在那儿直直地站着，像幼儿园被罚站的小朋友。

我难得见他这么幼稚的样子，在心里笑得不行，又觉得可爱，故意"哦"了一声，说："你说那个'他'呀……"

他瞪了我一眼，眼睛里盖了一层醉酒的水光，还带着控诉："就是你好友列表里'A'那一栏的人，他是谁？"

不知道行行是什么时候发现的，A 那一栏的确有一个好友，还是唯一的一个，地位超然且特殊……因为唯一的那个人，就是我的小号，平时用来保存文件的。

天知道我那天晚上跟平时不轻易喝醉，一醉就怎么都哄不好的季同学解释了多久。

然而，这位季同学酒醒以后，打死不承认自己吃醋了。美其名曰，最近电信诈骗案件太多，怕我被骗了。

行，你可爱，你说了算。

🍓 32.

我的心脏有一点儿无关紧要的小问题，按医生的话来说，倒也不影响我活个七八十年。但我有时候是个很杞人忧天的人，尤其喜欢上网搜索，然后看着页面上弹出的"心肌缺血""心血管堵塞"等一系列触目惊心的字眼，自己吓自己。

毛球一针见血地说："你牙疼上网搜一下，都会告诉你是牙髓癌，早点儿准备后事吧。"

有道理。

我当时被安慰了一阵，但是没过多久，又屡教不改地开始胡思乱想。

有一次朋友聚会，我喝了一点儿酒，回家以后一直觉得心脏不舒服，本来还想忍着，但是到夜里一直翻来覆去睡不着。

行行正好夜里在家加班，十一点多推开房门，被我吓了一跳，立刻把我送到医院挂急诊，最后也没检查出问题，就是最近没睡好，要注意好好休息。

他牵着我的手出医院的时候，已经是凌晨三点多了，我抬头瞥见他眼睛里的红血丝，心里比刚刚以为自己发病了还难受。

我自暴自弃地跟他讲："我感觉你娶我就是给自己找麻烦。"

行行握着我的手又紧了一点儿。

他说："反正这辈子就只管你一个，再麻烦也没关系。"

🍓 33.

作为一个冬怕冷、夏怕热的人，我曾经无数次在夏天的时候放话："我宁愿冻死也不想热死！"又曾经无数次在冬天大喊："太阳，你来晒我啊！我不怕晒！"

最近又入了冬，以前每到深秋，天一点点冷下来的时候，我就热衷买各种好看的围巾，从针织的到毛绒的，各种款式应有尽有。但是因为我极度健忘且丢三落四，所以我进入室内后，就会随手解下围巾丢在那里，教室、图书馆、食堂、奶茶店，都曾是我围巾散落的"遗迹"。在不知道丢了多少条围巾后，当时还是"贫民窟少女"的我，愤然决定不系围巾了。然而，我又真的很怕冷！

人类的智慧是无限的，于是我想出了一个神奇的招数——和室友、朋友出门的时候，我一般会卑微地请求她们把围巾借我一半，然后两个人像连体婴一样，行走在寒风瑟瑟的校园里，相拥取暖……

"双十一"的时候，我给行行买了一条又厚又长的围巾，他接到礼物的时候大概完全没想到，这样只是方便他充满心机与智慧的女朋友借用。

结果最后并没有用上。

因为我刚开口，他就直接拉开大衣把我塞了进去。

"这样比较方便。"

我闷在他怀里想——这样真的比较暖和。

🍓 34.

在我小的时候，电视剧里最常见的女主角是那种律政俏佳人，或者又美又霸气的女总裁，身姿挺拔，气场压人。所以我以前一直特别想长高，起码在身高上达到女主角的标准线。

最初长到一米六八的时候，我觉得心愿终于达成，电视剧女主角就是我。万万没想到，几年后开始流行小鸟依人的软妹，以及所谓的"最萌身高差"。

我怀疑上天在和我作对，但我没有证据。

于是我又日常希望自己只有一米五，不然，穿上高跟鞋都没几个男生比我高了。

每次说起这件事，都要被我真的只有一米五的大学室友唐糕暴打一顿："陆绒，你这样的人生活在宫斗剧里就是第一个被赐一丈红的！"

和行行在一起后，我没少念叨："感谢叔叔阿姨把你生得这么高，不然我就要找一个一米四的小正太凑个最萌身高差了。"

行行若有所思道："二氧化碳分子质量高，空气中会下沉，个子矮的人会吸入更多。"

"啊？！"

"从而导致脑缺氧，智力可能有所损伤——而你不喜欢笨蛋。"

看到了没，这个人就是会一本正经地胡说八道。

All dreams

Part4.

在机场里
等一艘船

are about you

🍓 01.

我看过有关暗恋最难过的一句话，叫"等一个不爱你的人，就像在机场等一艘船"。

后来和行行在一起的这些年，我一直不敢去想，又忍不住去想，他独自喜欢我的时候，到底是什么样的心情。

我最开始和行行保持距离，是高一第一学期期中考试前，学校大扫除，班上的拖把坏了，我和劳动委员一起去学校附近的店里买新拖把。

劳动委员跟我关系很好，也是当初军训的时候跟我住在一个寝室的女生。

我们走在路上，正好看到行行班上的一群人抬桌子回教室，匆忙间，我和他打了一声招呼，再一回头，就看见身旁的女孩子脸颊红了。

她踌躇地跟我说了一个一见钟情的故事。

女主角是她自己，而男主角就是烈日下帮我们拎水瓶的行行，虽然当时帮她拎水瓶的是另一个男生。

我比了个"OK"的手势，给她打预防针："不过季景这个人特别'正'，看起来不太好追。"

"没关系呀，反正都要等高考以后再说。"

话是这么说，但为了避嫌，我再见到行行，就开始下意识地躲他，连上卫生间都去离他们班比较远的那一个。

因为学校不大，但后面的一个多月，我们几乎没再碰过面。

到了十二月底，圣诞节的时候，远在几公里之外的高中上学的C君来我们学校的公交车站等我，给我送圣诞礼物，还是用一个爱心盒子装的。

我一脸惊吓："哥，你醒醒，我们是兄妹啊！"

他闻言比我还害怕："什么兄妹？！你算什么女生！你和毛球都是我兄弟！"

我沉默了一会儿，问他："那你为什么用爱心盒子装礼物？"

他怒吼道："我怎么知道那个营业员是怎么想的，我跟她说了是送兄弟的，她还一副'懂了懂了'的表情，结果就给我用这种娘兮兮的东西装！我已经被毛球笑过一顿了，还要来受你的侮辱？"

直到打开盒子，发现一个游戏手办模型，我才确认我们之间还是纯洁的兄弟关系，毕竟没有人会给喜欢的女孩子送一个枪模吧？

在我和C君看来无比纯洁的交接礼物的场景，放在从旁路过的行行眼里，就是另外一种全然不同的含义了。再加上我之前的刻意疏远，一切好像都只有一种解释。

很久以后，我终于和行行谈起这段过往，他和我说："那个时候我很骄傲。喜欢的女孩子喜欢了别人，那就代表在她眼里，我没有那个人好。那就服输吧，离她远一点儿。"

所以后面再碰面，他都目不斜视地从我身旁走过，既孤高又冷傲，让当时自尊心同样很强的我，也不愿再贴他的冷脸。

我们就这么走散了整整六年。

自尊心真的是一个很奇怪的东西，它好像是我们身体自带的一个防御机制，让我们远离一切伤害，可是有的时候，它往往就是最大的伤害。

🍓 02.

高中有一次上体育课，我不小心扭到脚，这么偶像剧女主角的事情，我也没想到会发生在自己身上，但是当时的场景一点儿也不唯美浪漫。

只听见"咯嘣"一声，我大脑一片空白，神经中枢很快有痛感传输过来，我表情绷住三秒钟，然后眼泪"唰"地夺眶而出。

完全是被痛出来的生理性泪水。

我们学校的体育课是每个人选修自己想修的项目，我被几个朋友拉着选了体育舞蹈，也就是俗称的健美操，因此这一块活动区域都没有男生，最后是几个朋友把我连拖带背地送去了医务室。

不知道是不是我们一行人浩浩荡荡的排场太过壮观，周围在上篮球课和排球课的人也纷纷望了过来，我在泪眼模糊中隐约看到了人群中行行的身影。

托朋友们的福，及时把我送到医务室，脚上没有大碍，只是需要冰敷，跑得最快的那个朋友立刻冲出去帮我买冰，但是快到没半分钟就折返了回来。

后来我才知道，冰块是行行一早就去学校超市里要来的，等在医务室旁边，直接给了我朋友。

🍓 03.

中学时期，我当了六年班长。高一时，学校动辄就让班委开会，有一次行行班上的班长缺席，教务老师让我去他们班找人。

他们班的座位是轮换的，那会儿，他正好换到第一组第一排，我头一探进他们班教室，就和他打了个照面。记忆里，我好像没有这么近距离地和他相遇过。那时，他头发刚剪过，显得眉眼深深，望向我的时候，我一瞬间忘记自己是来干吗的，好半天才理智回笼，张嘴欲言又止。

他把笔放下，没跟我发生任何交谈，转头叫了一声他们班长的名字。

一个留着寸头、穿篮球背心的男生从后排人群中钻了出来，笑嘻嘻地问："季神找我？"

我立刻道："我找，我找。"

说完想跟行行道个谢，他已经低下头开始计算行星运动的轨道半径了。

不知道我那声轻不可闻的"谢谢"，有没有飘进他的耳朵里。

🍓 04.

我们高中的学校是竞赛大校，每年靠竞赛高考降分录取和保送的人都一大堆。高二文理分科后，各类理科竞赛就如雨后春笋般冒了出来。

有一回是编程竞赛，年级里有十几个人去参加，其中包括行行和我们班的一个学霸姑娘。

那个姑娘刚好坐在我斜后方，她回来后，我听她和朋友聊天提到行行。

"我们不是在D大复赛嘛，有个D大的学姐来做志愿者，一眼就瞄中了季景，还给他加油，让他好好比赛，争取来D大。哇！我们都在那里起哄，你知道季景说了什么吗？"

"说了什么？按他的成绩，就算按部就班参加高考，也是全国排名前三的学校，D大可能不在他的考虑范围之内吧？"

"哈哈哈，所以啊，他跟学姐说考 D 大有点儿困难。当时学姐就愣住了，还安抚他来着，说离高考还有一年多，努力一把来得及。然后季景杀人不眨眼地说，考 D 大需要理综少考三十分，对他来说比较困难。"

这种话换个人来说要挨一顿揍，但我甚至能脑补出行行一脸平静地陈述事实的模样。

我听墙角的都快忍不住了，后桌的两个女生更是笑得喘不过气。

学霸姑娘忽然戳了戳我的后背："陆绒，你跟季景应该还挺熟的吧，他一直这么……看不懂女生的示好吗？有没有跟他关系比较近的女生啊？"

我思考了半天，说："数学老师？因为他一直是数学课代表。"

学霸姑娘："当我没问。"

开玩笑，曾经我和毛球都想过，行行这种直男可能会一辈子孤独终老。

🍓 05.

我学业上最大的优点就是不偏科，理化生挺好，政史地也不错，所以当初文理分科之前，我的成绩在年级里排名很高，在宣传栏的红榜上不费力就能找到自己的名字。

然而分科后，除了物理还是经常满分，我的化学和生物在理科重点班就排不上号了，高二第一次期中考试，是我生平头一次掉出班级前十。

但我觉得生物学得不好，并不能完全怪自己。

我们生物老师讲课的一贯手法是这样的：拿起一张卷子，从选择题讲起："第一题，不用看我们也知道选 A。第二题，A 不对，B 不对，D 不对，那么还剩哪个选项呢？只有 C 了，那还不选 C 选什么？"

于是我只能靠自己做题。

而我这个人一动脑子就容易饿，生物课每次算什么红眼病的概率，比我解一道电力学大题还难，我饿到眼冒金星无法思考。痛定思痛后，我第二天上课带了一大包红薯片。

生物老师在黑板上慢吞吞地画着遗传系谱图，我和我的同桌像仓鼠一样，弯着腰，趴在桌上，间或低头偷吃一片红薯片。

一开始，我们还很警惕，结果因为一直没被发现，我们逐渐变得嚣张，再然后……就被生物老师人赃并获："陆绒！这么喜欢吃是吧？给我买十袋明天送到办公室，请整个年级的学生一起吃！"

感谢我舅舅家是开炒货铺的，我低价用攒了半个月的零花钱买了送过去。

那个时候，行行在办公室拿他们班的数学作业，这么丢人的事，我不想被任何认识的人看到，于是我把袋子往生物老师的桌上一放就想走人。

不料生物老师瞥见行行，话匣子就打开了，对着他们班数学老师兼班主任大吐苦水："还是你们班孩子省心，隔壁班纪律不好就算了，学生一个个还学会上课偷吃东西！这不罚罚她都不长记性，待会儿让季景带一包回去给你们班孩子吃。"

虽然我们班的确是重点班里最"活泼"的，但是听生物老师这么说，我还是有点儿不服气，刚想辩解，余光瞥见行行还没走，又默默地忍辱负重地把话咽了下去。

行行却忽然开口道："生物课一般安排在上午四五节，快放学了，大家是会觉得饿。"

我惊讶地看过去，他没看我，继续道："拿到班上分，可能会有更多的同学在课上吃。"

他的话很有道理，再加上有遵纪守法的好学生光环加持，生物老师被他说服了。

最后，我又抱着十袋红薯片回去了。因为行行一副明显不想跟我多说一句话的样子，所以我只好托别人给他送了一包过去。

我当时想得很简单，他不喜欢吃零食，给周围的同学朋友分了也可以。

结果后来听他妈妈说，高中的某一天，从来不喜欢吃零食的行行竟然带了一包红薯片回家，还不许任何人动。

🍓 06.

行行和我们班英语课代表琦哥住在一个小区。

琦哥是我们班的妇女之友，跟女生们的关系都很好，大家平时唱歌聚会也都会叫上他。有一次，班上有个女生过生日，一群人在 KTV 玩真心话大冒险，玩着玩着就变成了大家凑堆讲八卦。比如，年级第一有怪癖，考前一定要给一个女生写情书；隔壁班英语老师和数学老师离婚，又和化学老师在一起了……就是听个热闹，也没什么人当真。

中途，琦哥挤过人群到我边上坐着，问我："陆绒，你和隔壁班季景是一个初中的吧？"

我说："对啊，怎么了？"

"你们有仇吗？"

"呃……没有吧？"

他长叹一口气："本来还以为他是个高风亮节的学霸，没想到上次他在路上特地跟我打听你要去哪所学校参加自主招生，还跟我打听你的成绩。哼！虽然他问得很隐秘，但我是谁啊，一下就听出来他的意思了。"

我说："什么意思？"

"季景不就是想跟你争人民大学的名额吗？放心，我不会让他得逞的，什么都没跟他讲！"

事到如今，我也无法吐槽当初琦哥的脑回路，因为被他带偏的我丝毫没产生过任何怀疑，真情实感地以为行行要跟我竞争……导致最后我干脆放弃了去人民大学参加自主招生的机会。而行行也压根没去。

从某种角度来看，我们俩是真的很有默契了。

🍓 07.

在这重重误会与纠葛之下，我和行行还能在这么多年后恢复联系，真的是一件很不容易的事情。

其实我和行行恢复联系的契机非常狗血，是因为大三时的一条过年祝福消息。

是那种非常正经、非常官方的措辞，一看就是毫不走心的一键群发，连特地署名一下"祝×××"都没有加上。

不过他还给每个人都发了红包，让我一度觉得他是被人盗号了。

我还在犹豫要不要点，趴在一边玩玩具的小外甥就左摇右晃地走过来，出其不意地戳了我的手机屏幕。

红包被点开，金额不大，就是一个春节红包的随机金额，但是我这个人向来不习惯白占人便宜，而且那个时候在我心里，我和行行又不算关系好，于是又发了一个更大的回去，在红包上打上："新年快乐。"

结果行行像是跟我斗上了，收下之后，又发了一个红包过来。

我下意识就要躲着小外甥，结果他动作比我更快，一指头正中靶心。

这次行行直接发了红包的最大面额，把我吓了一大跳，赶紧把钱转了过去，结果那边就没了动静，更没有接收转账。

我焦急地催他："快收啊，季同学！发财了？"

他这时才回复："收着。"

我一头雾水，跑去问和他关系好的男生："季景是不是中彩票了？"

"什么？！他中彩票了都不告诉我？还把不把我当兄弟！"

"这只是一个猜测……"

"五百万还是八百万？"

"真的只是一个猜测……"

"行了，别说了，我这就去找他！"

我当时在心中默默吐槽了很久，聪明一世的行行为什么会和他是好朋友。

后来发现一个真理，人总是容易被和自己不同的事物吸引，无论是交朋友，还是交女朋友。

🍓 08.

意识到靠那个脑袋缺根筋的哥们儿打听不出什么消息之后，我又跑去旁敲侧击地问毛球，有没有收到行行的新年祝福，她说："收到的群发消息太多了，我懒得看，全部删掉了，不记得有没有收到他的了。"

所以，直到我和行行真正在一起之后，我才知道，那条新年祝福真的是发给我一个人的，为了显得更像群发，内容还是他从他爸那里复制来的。而为了避免我把群发消息直接无视，他又发了一个红包来"钓鱼"。

我对这一系列心思缜密的操作叹为观止，觉得自己能被他"套路"，也是在所难免的事了。

时隔这么久，他终于沉不住气在这一年对我下手，是因为他听人说，C君年前回国了。

C君那个时候确实回国待了很长一段时间，我、毛球、他，三个单身狗又重组小分队，到处吃喝玩乐，每天最痛苦的事情是，经常打麻将三缺一。

其实那个时候的行行早已知道，我和C君的事是他误会了，但A大和我的学校相隔太远，众所周知，异地恋是最容易出事的，他是求真务实的金牛座，不想也不敢冒一点儿风险。

所以，C君这个假想敌的回归，就成了行行最终孤注一掷决定行动的导火索。

行行说："我怕再等一等，我这辈子就真的没有机会了。"

也庆幸他没有再等一等，让我成为他故事里的人。

🍓 09.

春节红包事件之后，我和行行偶尔能聊上两句，正经有比较密集的对话，还是从我准备考研开始，他成了我的独家特聘私教，我每晚定点总结一堆高数题去请教他。

都说"日有所思，夜有所梦"，我发现自己有点儿喜欢上行行，是有天晚上做了一个很诡异的梦。

我梦到初中的时候和朋友在走廊里打闹，窗户大敞着，我被朋友推搡了一下，一个不小心从楼上窗台掉了下去，心跳快要停止之际，被人接个正着，抱在怀里。

我惊魂未定地抬起头，看见了行行的脸。

醒来后，我一颗心"怦怦怦"地剧烈跳动了好久，脸颊发烫到像高烧三十九摄氏度，以至于打开手机看见行行的对话框，都觉得耳尖还是热的。

原来喜欢一个人，当我自己还没察觉的时候，梦境都会提前给我预兆，提醒我早点儿惜取眼前人。

🍓 10.

我是轻微的崇拜型人格。

让我喜欢的人，一定要是很优秀到让我产生仰视感的人，但是，往往这样的人又会太有距离感。

在爱别人之前，我先最爱自己。一旦对方对我放出拒绝的信号，我肯定会立刻切断对他的一切好感，所以单方面长久地喜欢一个人这种事，在我身上基本没发生的可能。

每天呐喊无数遍"我也想谈甜甜的恋爱"，可提到"喜欢"这个词，脑海里连一个确定的对象都没有。是从行行再次出现在我生活中的那一天起，我的"喜欢"逐渐开始有了一个具象的样子。

之前那么多年没有喜欢别人，是因为我早就遇见了一个最好的人。除了我爸妈，行行是我心里最好的人，也是对我最好的人。

🍓 11.

自从发现我好像喜欢行行以后，我在朋友圈发自拍的频率空前高涨，还要是笑得最甜、最灿烂的那种。

我从自己的身上领悟到，哪怕是再迟钝、再"直"的人，在喜欢上一个人以后，也会无师自通一些小心机，比如，我那时就想让他在不经意地刷朋友圈的时候刷到我的朋友圈，然后给我点个赞。

然而……行行从来没给我点过赞！

在一起以后，我问过他为什么，他笑着说："给你点赞的人太多了，你也不会注意到我，所以我都直接收藏了。"

我表面若无其事，心里在呐喊：你才不知道，我本来就是发给你看的呢！

某天寝室聚餐，我们去吃火锅，那家店做活动，发朋友圈集五十个赞可以打五折，我主动请缨在朋友圈发了广告，然后灵机一动，特地跑去私信行行："尊敬的季同学，您好！麻烦您在百忙之中点进我的朋友圈，给我点一个赞！小陆向您比心了！"

朋友圈里广告的上面一条动态，就是我精心摆造型、修图修到手指痛的自拍。

我就不信他这次还看不见！

半分钟后，行行回话："好了。"

我点进朋友圈的消息提示，他果然老老实实、目不斜视地只给那条广告点了赞。

气得我当天连灌了三瓶"肥宅快乐水"，才勉强平复心情。

🍓 **12.**

我那时候不知道是他真的太不解风情，看不懂任何暗示，所以不给我任何回应，还是真的不喜欢我，所以才对我漠不关心，之前同学聚会时，关于他喜欢我的传言看起来好像一点儿也不可信，我的心情烦躁又沮丧。

天生自带的危险防御机制让我在面对即将到来的失恋伤害时，选择退一步龟缩到壳，让自己多冷静两天。

也许只是因为最近交流太多，才让我产生了幻觉呢，我可能根本不喜欢他。

我是这么安慰自己的。

再加上班上有同学把考研数学班的课程转让给我，我每天有问题去上课的时候问老师就行，省去了和行行的交流，又接近一个星期没去找他，我们俩之间因为交流题目产生的小火苗都消失了。

然而那一个星期，我过得并不好受，每天都在"好想去找他"和"忍住"中徘徊度日。

周日的晚上，我看马哲知识点精讲视频的时候，手机最上面忽然跳出一条信息，来自行行，那时我给他的备注是：坚决不找你。

他说："陆绒，上次你问我的题，还有三种解法。"

我捧着手机愣愣的，耳机里的老教授还在讲着我怎么都听不懂的唯物史观，脑子却蓦地在这一刻茅塞顿开。

像季同学这么冷漠的人，如果真的不关心我，我问他答就是最后的礼貌，怎么会特地在我不找他的一周后，专程来说什么三种解法。

他分明特别特别在意我啊。

怎么会听不到呢？

哪怕爱意再沉默，可爱人的心跳声，全世界都会回响。

🍓 13.

行行的一个高中同学兼好朋友之前和我住在一个小区，我妈还和他妈妈一起打过麻将，我们俩经常分别在假期的傍晚五六点去棋牌室把各自的母亲大人请回家，所以还算得上有几分交情。

他生日那天，我收到 QQ 邮箱的好友生日提醒，给他发了一句"生日快乐"过去，他道完谢后，忽然问我："陆绒，你和季景在一起了吗？"

我满头问号。我自己都才发觉自己喜欢行行没有多久，怎么就被人问了这种问题？

过了半天，对方发过来一长串话。

具体的内容我记不太清了，只记得中间他说："我以前对你有过好感，还和季景说过，他当时没说什么，后来我才慢慢发现，他好像喜欢你很久了，久到我上大学交了女朋友，他还跟个苦行僧似的。最近看你们好像恢复了联系，不知道是不是我被我女朋友传染矫情了，觉得还挺欣慰。如果你们能在一起，就是我能想到的最好的结局了。"

继发现我喜欢行行之后，我又迎来了辗转反侧的一夜。

我想给行行发消息，又不知道应该说什么。

最后还是他先在早上六点半起床的时候给我发了一条消息，是考研数学大纲要改版的新闻推送。

我熬了一夜的眼眶变得热热的，想笑这个人每次想跟我讲话都要找这种冠冕堂皇的理由，又有点儿难过，他来找我都只敢抛出这种话题。

我回他："数学这么难了还要改版，《高等数学》《线性代数》和《概率论》我这辈子都学不会了。"

行行的对话框显示"正在输入中"好半天，我猜他是在想怎么安慰我，我赶在他发出来之前回复："现在想学点儿别的，季老师教吗？"

"什么？"

我本意是想撩他一下，说什么《恋爱心理学》之类的，结果一不留神打成了："怎么把我的名字写进你家的户口本。"

发出去后我愣了两秒，想打自己的手。

又不是写小说里男女主角的对话，这样问得太过分了吧？！

我点下"撤回"后的一秒，他的消息也回了过来："只要你愿意，随时恭候。"

这九个字在一刹那消除了我心里所有的不安与忐忑。

我怕他以为我是恶作剧，立刻硬着头皮解释："刚刚是不小心手滑撤回的！我没有跟你开玩笑，也没有戏弄你的意思。"

他说："我知道你不是会拿这种事开玩笑的人。"

我松了一口气，就见他接着说："就算是玩笑也来不及了，因为我当真了，所以你没有反悔的机会了。"

行行惜字如金惯了，什么时候讲过这么长一段话，我忍不住笑了："哇，季老师，你是哪家的霸道逻辑？"

片刻后，他给我发了一条语音，背景音是他们学校早晨英文广播的声音，他字正腔圆的中文夹在里面，穿进我的鼓膜："你男朋友家的。"

我第一次觉得，"男朋友"这个词原来这么好听。

🍓 14.

我和行行"网恋"了快两个月，才进行了第一次线下约会，还是发生在英语六级考试的第二天。

那时，大三下学期快结束了，六月的天很热，我为了刷高分，第四次参加英语六级考试。考场教室里没有空调，我整个人被高温蒸得昏昏欲睡，想到不能浪费三十元的报名费，才强打起精神把题目做完。

从考场出来后，我就给行行发消息："你的女朋友卒于今日的英语六级考试，请选择方法将她复活。A. 发送你的精美自拍 B. 对她说我爱你 C. 暑假带她去迪士尼玩。"

他回复："D. 明天去 S 市找你。"

我吓了一跳，手都在哆嗦："真、真的啊？"

我们确定关系是在微信里，自那以后还没见过面。

我在网上没面对面见到人时可以满嘴跑火车，随口就是一句调戏，可到了要见面的这一天，那种对于我和行行真的开始谈恋爱的不真实感再度浮现。

虽然他之前就有说过最近会过来找我，但我还是没做好准备，全身的血液都开始加速流淌。

结果罪魁祸首季同学丢下一个"嗯"就跑了，他为了腾出时间来找我，晚上要加班加点地赶手上项目的进度。

我也不敢打搅他，晚上自己一个人躺在床上翻来覆去地纠结，惹得室友问我："老板，煎饼烙了几分熟了？"

本小老板叹了口气："撒把葱花就能吃了。"

太过紧张，导致我一整晚都没睡好，第二天一早起床，顶着两个硕大的黑眼圈，手忙脚乱地遮了半天才勉强盖住。

行行说航班太早，怕我一个人打车去机场不安全，没让我去接他。我忐忑不安地坐在寝室里，直到他给我发消息说他到我们学校门口了。

我赶忙下楼，原来还是小步走，可是越来越忍不住雀跃的心情，情不自禁在路上蹦了两步，怕别人拿看神经病的眼神看我，又竭力克制下来，嘴角却还在疯狂上扬。

我有点儿轻微的近视，一两百度的样子，距离校门二十米的时候，才模糊地看见校门旁自动取款机右侧站着的人影。

他到底是经历过军事化管理的人，个子又高，哪怕只是随意站着，脊背还是挺得笔直，在来来往往的人流里有点儿鹤立鸡群，格外引人注目。

我的脚步不由自主地放慢。

生平头一次有这样清晰的认知——

眼前的这个人，是我的男朋友，是要参与我未来很长一段人生的人。

冯唐写："春水初生，春林初盛，春风十里，不如你。"

并不是十里春风不好，只是从他出现的那一刻起，其他东西在我眼里，都再也看不清晰。

🍓 15.

在校门口顺利接头以后，我们的对话如下：

"季景。"

"嗯。"

"我——好——开——心——呀——"

"嗯。"

我停住脚步，抬头瞪他："除了'嗯'，你就没有别的想说的了吗？"

他没开口，乐于助人如我开始帮他想台词："比如'今天是我最幸福的一天''好想每天都跟你见面呀'……"

"我也是。"他打断我，慢慢道。

我对这个无师自通就学会"套路"我的人，真的毫无办法。

All dreams

Part5.

和你分秒必争
的余生

🍓 01.

　　大学异地恋期间，有一次，行行坐飞机来 S 市看我。

　　旁边大概是阔别了很久的情侣在机场大厅热泪盈眶地拥抱，我在旁边围观了半天，觉得像在看一场煽情的偶像剧，不由得反思每次我和行行见面，是不是都太冷静了。

　　我和他都属于比较理智的人，有朋友吐槽过，我俩在一起像在讨论学术，不像谈恋爱。

　　我不服地反驳："要讨论学术，那也是相亲相爱研讨会。"

　　朋友非常敷衍地点头说："好好好，你开心就好。"

　　话说回来，我平时是真的觉得我们的相处模式没有任何问题，但是人是很怕对比的，尤其是我这种好胜心莫名强烈的人，看到别人的女朋友既温柔又贴心，我就开始想，行行是不是从来没获得过这种交女朋友的幸福感。

　　刚在一起的时候，我不知道叫他什么好，直呼其名太僵硬，叫"男朋友""亲爱的"啊，又完全不是我的画风，我想了想，决定叫他"大哥"。

　　事后，我也很佩服他，能面不改色地应下这种黑社会老大般的称呼。

既然"大哥"叫出口了，我每次去机场接他，都自觉地当个拎包小妹。

我天生力气比较大，进能单人扛水桶，退能徒手拧瓶盖，区区行李不在话下。

行行看我兴致勃勃，倒是没有拒绝过，只是不知道为什么，每次没过多久，路过什么零食店以后，行李就又回到了他手上，而我的手上会换成两杯果汁。

我真实地怀疑他会催眠。

这次我下定决心，要让他体验一次春风般的温暖。

于是，当我在出口处看到他的一瞬间，就朝这个还不知道将要发生什么的幸运儿飞奔而去，准备学电影女主角一把扑进他怀里。

结果，扑是扑了，抱也抱了，他还把我抱起来转了一个圈，然后——

"好像是比上次重了两斤。"

你不知道体重秤不能成精吗？

🍓 02.

提到体重是因为我前一天刚发了一条朋友圈，是我妈和我的聊天记录。

因为我常年体重过轻，我妈经常会用金钱激励法，比如涨一斤发一百元红包之类的，聊天记录里就是我妈给我发了两百元红包。

事先预备好的煽情气氛被行行一扫而空，我对他怒目而视："你嫌我重了！"

他镇定自若地把我放下来，仗着身高差把我夹在胳膊下面："我也给你准备了两百元红包。"

我瞬间毫无底线地缴械投降："谢谢大哥！"

对不起，我总是比自己想象的还要没有下限。

后来回去的时候，他信守诺言发了红包，在上面写"多重都没关系，暂时养得起你"。

我故意揪字眼，说："暂时？"

行行说："最近一百年，应该没什么问题。"

🍓 03.

有一学期开学后，老师布置的阅读作业特别多，我三天两头泡在图书馆看书，固定坐在二楼自习室倒数第三排的位置。

秋天天气特别干，我一天能喝好几杯水，还要叮嘱行行也记得喝水。

下午去打热水，回来的时候，我的书底下被人垫了张 A4 纸，最下面的角落里写着一行字："可以交个朋友吗？我的手机号是151×××××××××。"

我环顾了一圈，没看到疑似递字条的对象，掏出手机拍了张照片发给行行，说："看，你女朋友我宝刀未老吧！"

我以前也收过这种交友小字条，但我这个人在外一贯维持高冷形象，一个人都没加过。

我发给行行是想逗逗他，看他什么反应。

结果他不在线，很久都没有回我，我百无聊赖，就继续看书了。

大概一个小时后，手机屏幕闪了一下，季行行同学非常霸道地甩来两个字："不许。"

我表示遗憾："说不定人家是个小帅哥呢？"

消息发过去，对面一直显示"正在输入中"，五分钟后，一贯不爱拍照的某人破天荒地发了一张自拍过来。是那种在网上疯狂被吐槽的直男仰拍角度，换个人大概就是死亡自拍，但这位季同学颜值过关，这种角度都能驾驭。

我点了保存，并一本正经地表扬他："野花没有家花香，我要这一个小帅哥就够了。"

为了以示清白，我还把那张不知道什么时候被我打满了草稿、连手机号都给淹没了的A4纸拍给他看。

本以为这件事到此结束了，结果两天后，我突然收到了一条快递短信。

然后，本人顶着众多异样的目光，咬牙切齿地从菜鸟驿站搬了整整一箱 A4 纸回寝室。

🍓 04.

读研的第一年，我在网上看到一个视频，是一个读大二的女孩子跟老师请假说要去拍婚纱照。

老师非常惊讶地问："大学可以结婚吗？"

女生说："二十岁就能领证啦！"

我恍然想起，自己也过了二十岁的法定婚龄，立刻跑去跟行行说："我已经二十二岁了，没有享受到大学结婚证加综测分的待遇就算了，读研竟然也还没结婚！"

本来只是惯例逗他，没想到行行会说："你要想清楚，结婚以后，你这辈子都不能从我身边离开了。"

我说："那没领证可以离开吗？"

"可以。"

"我们家行行今天这么好说话吗？"

"如果你想离开，一定是我有什么没做好，所以我会再把你哄回来。"

我"哦"了一声："所以结婚以后就不哄了吗？"

他顿了一下，直白又专制地说："陆绒，结婚以后我不会再放你走了。"

我愣愣地说："我还以为你要把我的腿打断，下半辈子用轮椅推我。"

对不起，有个熟读八百本言情小说的女朋友，真是难为他了。

🍓 05.

说实话，对于行行这种连"宝贝"都叫不出口的人来说，哄人是一件很困难的事。

我一直觉得名字起两个字的很吃亏，因为三个字的话，直接掐掉姓叫名就很显亲昵，我这种两个字的名字，别人就会直接顺口叫大名了，看起来官方又客套。

比如季同学一向叫我的大名比什么都顺口。

我终于也发觉，这样看上去根本不像一对情侣！

于是我非常善解人意地主动替行行排忧解难："宝贝啊、亲爱的啊，我知道你都叫不出口，那你就叫我的小名吧？"

然而，从小家教发乎情、止乎礼的行行最后也没叫我的小名，而我也麻木地听他叫我陆绒听习惯了。

大四上学期那年年底，我们俩都特别忙，一连近一个月都抽不出时间来见一面，他高中一群关系比较近的同学都去 A 市找他聚会，他难免被灌了几杯酒，喝多了，我是第一次知道行行喝多酒是这样。

他给我打电话，一会儿不讲话，一会儿又反复地念叨："我想你了。"

我问："我是谁？"

他说："陆绒。"

我又问："陆绒是谁？"

他答："我的女朋友。"

我说："还有呢？"

那边停顿了很久。

他突然说："我的跳跳。"

尾音加重，又重复了前两个字："我的。"

🍓 06.

之前有一个很热的词，叫"十级孤独"，其中排行第六级的是"一个人吃火锅"。

大四下学期，考研复试结束，学校没排课，除了写论文，也没什么事儿要做，想到以后要去离家那么远的北京上学，我就在家待了半个月，陪我爸妈。

当时上映了一部惊悚悬疑大片，我爸妈、表哥、表姐等一众家人都上班，只有我一个无业游民没事儿干，就一个人去看了电影，看完后趁着工作日人少，还一个人去吃了海底捞。

行行那会儿在新加坡比赛，其实对于常年异地恋的我们来说，也只不过是距离变得更远了一些，不影响我们一起"网上冲浪"。

吃海底捞的时候，服务生特地给我对面安排了一只大泰迪熊陪我吃，但哪怕这样，也无法让我忽视旁边那对一直在打情骂俏的情侣。

对比太显著，服务生又给我端了一盘瓜子，估计是想让我借瓜子消愁。

我干脆就用剥下的瓜子仁，摆了一颗爱心，拍照发给行行："嗑个瓜子都是爱你的形状。"

一个小时后，行行给我发来了一个小视频，他用无人机航拍了整个新加坡的风景，路线正好也绕成了一颗心。

我一边被甜得忍不住笑，一边又在想，我们到底是什么土味情侣？

🍓 07.

一个人待着的时间太无聊，我爸妈又嫌我老大不小的人，待在家里碍事（我委屈），把我赶回了学校。

反正我也没事干，小柠檬在刷雅思成绩，我就跟她一起去考了个雅思，然后顺便在某大型英语培训机构当助教。

班上的学生基本是一些计划大学就出国读书的高中生，每次看到班上坐满了比我小四五岁的男孩女孩，连看他们追逐打闹都感叹一句："年轻真好！"

话音刚落，我就被一个男生的纸飞机砸了头——还是用刚刚发下的雅思阅读模拟卷折的。

这个男生光看外貌，就知道是个娇生惯养的富家小少爷，出生的时候，天赋点大概都加在了家境和长相上，是个十足的漂亮笨蛋，成绩差到爸妈执手相看泪眼，最后只能想办法送出国。

我是替一个生病请假的助教接管这个小班的，我本人对外界一切恶意都自带屏蔽系统，所以小少爷的各种恶作剧我根本没放在心上，我只管每天的小测试和作业做得怎么样，然后如实反馈给他的父母。

被砸纸飞机后，我对他的反应也只是："学不好数理化，折的纸飞机都没别人飞得远。"

说完，我重新把他的模拟卷改造了一下，轻轻一扔，纸飞机一个回旋，轻飘飘落在了他桌上。

小少爷目瞪口呆。

其实这招还是我当年跟 C 君学的，他折纸飞机可厉害了，还在 QQ 空间写过一大篇攻略。

炫完技后，我没再理小少爷，直接上讲台讲卷子了。

谁也没想到，从来不服管教的小少爷，竟然被我的折纸技术折服，第一次好好听完了一节课。

再后来，小少爷的雅思成绩从五分到五点五分，再到过线的六点五分，他爸妈还想来给我们机构发面锦旗。

课程快结束的最后两个星期，之前的助教回来了，正好行行来学校找我，我就没去上课，准备和行行去附近新开的公园逛逛，刚走到校门口，就迎面撞上了小少爷。

他手里还捧着一个小礼品盒，愣愣地难以置信地看着我俩。

我正犹豫要不要跟他打招呼，他就径直走过来，直接把盒子塞进我手里。

我不解："啊？"

他壮士断腕般道："既然跟你狭路相逢了，我就直接说明来意吧。"

这咬文嚼字又乱用成语的开场白，让我怀疑小少爷最近又偷偷看了什么网络武侠小说。

"陆绒。"他突然叫我一声，"不管你旁边这个男人是谁，反正我是来跟你表白的！"

"哦。"我说着把礼物盒又塞回他手里，"谢谢，你是个好人，但他是我男朋友。"

小少爷大概第一次被人这么不留余地的拒绝，眼圈都快红了："可我比他年轻啊！

我说："我不喜欢年轻的。"

"我有钱！"

"我不缺钱。"

小少爷嘴唇颤抖半天："我我我……可我真的喜欢你啊！"

一直在旁边"打酱油"的行行这次倒是回应了："那我只会比你更喜欢她。"

🍓 08.

经此一役，行行好像有了一点儿切实的危机感。

但是他没有表现得很明显，只是每天都会抽空给我打个电话。

"季同学，你对自己自信一点儿，也对你女朋友多点儿信任好不好？"我明明特别开心，还逗他，"请你放心，你女朋友记性超好的，不会一天不见就忘记你的。"

他说："所以我怕你把别人的好也都记得了。"

他这个担心倒是有点儿道理……

我想了想，安抚他："我这是选择性记忆，功能只对我们行行开放。"

🍓 09.

　　毛球在我学校附近三站路左右距离的另一所大学念书，平时隔三岔五就约出来逛街，和以前读初高中时也没有什么区别。

　　我们俩之间有一个约定，每次英语四六级考试的后一天，就会去五公里外的一个大型商场吃一次那边的招牌美味——干锅香辣虾。

　　一连打卡了四回，行行过来找我那次是唯一的例外。

　　为此，我带了一箱毛球爱吃的车厘子去找她负荆请罪。

　　毛球摇头叹气："我以为你是我所有朋友里，最不可能重色轻友的人，万万没想到！"

　　我一脸羞愧："只怪敌方太强大。"

　　被迫成为敌方的行行心想：我就是个背锅的。

🍓 10.

　　我有个怪癖，哪怕早上可以睡懒觉，我也喜欢一大清早就定很多个闹钟，享受按掉闹钟还可以躺下继续睡觉的幸福感。

刚和行行搬到一起住的时候，我忘记把闹钟关了，第二天早上一直响，但我睡眠质量好，陷入梦中没有受到一丝一毫的影响。

我醒来的时候，行行正坐在窗台那边看书，我迷迷糊糊地在枕头旁边摸了半天，都没摸到手机，自言自语："我手机呢？"

说完才发现，我的手机就放在行行手边。响一下他就会及时按掉，不打扰我睡觉。

我想到劝我搬过来的时候，他说的是想好好照顾我。

而他真的信守诺言，每一个细节都把我照顾得很好。

🍓 11.

行行之所以只在闹钟响的时候把它按掉，而不是直接解锁把后面的闹钟都关了，是因为我们俩在"不看对方手机隐私"这件事上，心照不宣地达成一致。

我有的时候连自己的手机消息都懒得看，又因为强迫症不想手机的软件图标上显示出新消息提示，干脆在设置里关闭了一部分软件的消息通知，这么懒的我就更不可能有什么精力检查行行的手机了。

反正他的锁屏是我精心给他挑选的自拍，屏保是我们俩的合照，能给我安全感的地方，他都给我安排得好好的了。

唯一的一次例外，是出去玩的时候，我手机刚好没电，借行行的手机查个东西。

他的浏览器图标和备忘录挨得很近，我发誓我真的不是故意戳进备忘录的，当我反应过来的时候，已经看到了他在里面对这次出游做的完整规划。

"××餐厅：她喜欢吃川菜。"

"××公园：天气热，带她去乘凉，买驱蚊环。"

"××商场：她喜欢的奶茶店在这里。"

我不知道要怎么形容那一刻的感受。

大约就是，和他在一起的每一刻，都比上一刻更觉得自己被爱着。

🍓 12.

因为是体育白痴的关系，大四临近毕业，我还因为前三年的体测成绩不达标，被辅导员拎回操场重新补测跳远和八百米。

从中考以后，我基本就没再练过跳远。

按唐糕的话来说就是："我身高一米五，跳远也是一米五，你说你比我高一个头有什么用？跳远还跳不出我的身高。"

这句话狠狠地扎伤了我的自尊心，让我在这次跳远补考中用尽全力——跳了一米五二。付出的代价是——膝盖磕伤了。

我强颜欢笑地忍着疼，坚持跑完了八百米，回去的时候觉得自己可惨了，本来想跟行行哭诉，但是又怕他担心，最后什么也没说。

还是后来和朋友合照，拍到膝盖，照片发到朋友圈的时候被他知道的。

其实当时只有一点点伤疤了，我爸妈都没发现不对劲，但行行就是能看出来。

那是我们在一起后，我第一次见行行生气的样子。

他说："我希望你出什么事情，我都可以第一时间知道。"

我讷讷地解释："我是不想让你担心啊。"

他说："可是为你担心，本来就是我该做的事。"

一个人时总想着，有个人能在我累的时候让我依靠一下，可真的遇到那个人了，才知道心里根本舍不得让他做自己的避风港。

可我没想过，我的"避风港"会自己凑过来，说："你来躲一下。"

那就让我在他怀里躲一小会儿吧。

🍓 13.

我大学的食堂不好吃，以至于学校附近的小吃街生意红红火火，每到傍晚就堵得人山人海。

其中，我最喜欢的是一家卖炒酸奶的店，从各种水果味到奥利奥抹茶味，如果不是身体吃不消，我可以挑战一天吃完所有口味。

行行是纯牛奶味的忠实拥趸，从不喜欢吃酸奶。

但是我觉得炒酸奶和普通酸奶不一样，所以他来我们学校找我的时候，我一心想让他尝尝，还特地先斩后奏买了两份，大不了我就一个人吃两份。

我挑了最小的一块递到他嘴边，看他吃下，期待地问："好吃吧？"

他没说话，忽然低头，唇落在我嘴角。

"好吃。"

🍓 14.

行行学校组织去郊区的一个农家乐玩，我作为家属随行。

我晕车有点儿严重，特别讨厌汽车上的柴油味和皮革味，而且一上车就想睡觉。

周围有这么多行行的老师和同学，我本来想强撑着和大家聊聊天，结果抵抗不住身体的诉求，眼皮直打架，后来就习惯性倒在行行肩上，睡得不省人事。

醒来后，我痛定思痛地质问自己："我为什么觉得，我们俩在一起的大多数时间，我都在睡觉？"

行行说了一句特别有道理的话："因为我身边是你觉得安心的地方。"

🍓 15.

我妈就是那种网上流传的典型的"我妈觉得我冷"的妈妈。

最可怕的是，我永远记得高一那年的五月，其他同学已经快换上短袖了，我还穿着棉袄，硬生生像和大家生活在两个季节。

然而和行行在一起后，我才知道什么叫有过之而无不及。

我们在七月盛夏出去玩，出发前我在忙论文，行李是行行负责打包的，我叮嘱他给我带几条好看的小裙子，结果下飞机落地到了酒店，我打开行李箱准备把衣服挂进衣柜里，赫然看见一件、两件……三件毛衣！

这就算了！他还给我装了两条秋裤！

我说："大哥！你看看外面这个太阳！你是不是想把我热死，然后换个女朋友？"

说这句话的时候，我根本没想到，第二天真的降温了。

一大早气温甚至不到二十摄氏度，哪怕穿着毛衣，我还是得瑟瑟瑟发抖地缩在行行怀里取暖。

行行忽然问："这样是不是不太好？"

我说："没关系，你也低着头，这样就没人能看得见我们的脸了。"

"不是，我怕这样会把你热到。"

距离初中过去太久，我都忘了季同学还有这种傲娇属性。

我只能红着脸跟他道歉："一点儿也不热！我的错，我的错，深谋远虑的季大神原谅我！"

"嗯。"他把我抱紧了一点儿，"不热就行，毕竟这辈子我也不想换女朋友了。"

🍓 16.

在我妈的管辖范围内，我不光春天穿棉袄，冬天更要裹五条裤子，此处没有任何夸张手法，反正就是要把自己裹得比北极熊还像北极熊。

上大学以后，在室友的带领下，我知道了保暖打底裤这种神器，于是再也不穿两条以上的裤子。

结果就是，和行行在冬天约会的时候，他会一直皱着眉盯着我的腿看。

我知道行行在担心什么，大大方方地邀请他摸摸我的腿："这条裤子真的很厚的，我一点儿也不冷，我是那种会拿自己身体开玩笑的人吗？"

行行手僵着，我还主动拿着他的手摸。

"陆绒。"他声音有点儿哑，"你再动，我就要以为你有什么别的意思了。"

我是清白的!

🍓 17.

在大家都玩 QQ 的年代，生活动态不会发在微博和朋友圈，我多的时候一天能发好几条说说。

但那个时候我从没注意到，每次发完说说以后，行行总会接着发一条，不像我总是发没什么营养的心情预报，他发的科研相关的动态都没几个人能看懂。

直到有一天，一个外号"点赞狂魔"的共同好友给我评论说："每次点完你的赞就要点季景的，我好累，我觉得我快要瘦到一百四十斤了。"

我回复他："这点儿运动量还不够消耗你奶茶里的一颗珍珠。"

回复完，我才开始想，为什么季同学要跟我保持同步，连发说说的数量都要跟我比吗？

后来我才知道，季同学为了吸引我的注意，做的"傻事"还不止这一件。

谁能想象得到，一个冷面理科学霸，会为了让自己的名字待在好友列表的最上面，特地买了 QQ 年费超级会员呢？

哈哈哈哈！

🍓 18.

研究生考试前一个月，学习最艰难的那段时间，我每天把手机锁在寝室的时间更长，从早上六点半锁到晚上十一点。

我们学校在我大二那年，新建了一座酷似大裤衩的建筑，就卡在寝室到图书馆的那条路上，每晚我拖着疲惫的身躯，揣着饱受压力的小心脏从底下经过的时候，都会有爬上去纵身一跃的冲动。

水房十二点停水，于是回寝室后，我还要抓紧时间打热水洗澡，"乒乒乓乓"忙碌一阵，躺在床上已经快要进入新的一天，是真的累得话都说不出来。

都怪腾讯老总忽然给 QQ 开发了什么火苗、巨轮的功能，为了维系我和行行之间的"爱的小火苗"，我只能给行行发我存的猫咪表情包，保证每天都有对话。

表情包配字如下："朕回来了""朕就寝了""朕安息了"。

行行一直是被动接受着我的表情包，直到有一天，不知道他从哪里弄来了配套的图，给我发了过来——憨态可掬的大眼萌猫从墙角探出头来，"喵"了一声说："朕想你了。"

🍓 19.

我最喜欢的快餐品牌是麦当劳，准确来说，现在应该叫它金拱门了。

有段时间，麦当劳的代言人是我特别喜欢的一个男明星，店里摆满了他超级帅的人形立牌，我看见立牌就要去合影，去吃的频率更高了。

之前帮我拍照的都是几个室友或者毛球，有一次，我和行行一起去买冰激凌，我看见立牌又走不动路了，可怜巴巴地望着他："这位好心人，可以帮你弱小可怜的女朋友拍张照片吗？"

我本来有点儿担心行行会吃醋，不愿意帮我拍，结果他眉毛都没皱一下，就接过了我手里已经打开美颜相机的手机。

然而……最后拿回手机，我才发现行行帮我拍的照片上只有我一个人。

立牌甚至连角都没露出来。

"怎么会拍成这样？"

他的回答还挺有理有据："对不起，好心人眼里只能看见我弱小可怜的女朋友。"

🍓 20.

我在大二那年考了驾照。

当时学车学得特别快，四天练完科目二，三天练完科目三，教练都夸我是一代练车奇才，然而本奇才拿到驾照以后基本没开过车。

只有一次，我爸跟朋友吃饭喝多了让我去代驾，要平稳地把车从市中心开回家。

上车前，我还特地拍了照片发朋友圈："秋名山车神小陆出发了！"

在我把手机揣回口袋之前，行行给我发来消息："到家了给我打电话。"

结果本秋名山车神在闹市区只敢开到三十码，正常十分钟的路程硬生生被我开了半个小时才到家。

进门以后，我赶忙给行行回了电话。

他那边很明显地松了一口气，语气却带着一点儿笑意："秋名山车神？"

我咬牙切齿地辩解："你有没有看过那种电影，厉害的大人物金盆洗手以后，被人邀请重出江湖，都是需要一定的时间来启动技能的！"

他"嗯"了一声，声音里笑意不散："车神平安回家就好。"

🍓 21.

我喜欢吃火锅到什么程度呢？

频率最高的一次，我一周内连着吃了三天，第四天和行行见面的时候，路过一家新开的串串店，我又再次走不动路了，可怜巴巴地看着行行，眼神里写满了渴求。

对我的动向全方位把控得一清二楚的季同学当然知道我一周三顿的丰功伟绩，直截了当地拒绝我："不行。"

"你看看你的女朋友，只是一个想吃火锅的可怜小女孩！"我开始戏精上身，"那是一个寒冷的冬日的夜晚，有个小女孩蜷缩在巷子的角落里，划亮了一根火柴，烟雾在半空中浮现了麻辣火锅的样子……"

行行被我打败了，怕我再说下去要把一整本《安徒生童话》都瞎编一遍，他瞪了我一眼，带我进了串串店，锅底点的微微辣。

我撇撇嘴，勉强同意。

然而作为任性又不听劝的报应，当晚我就闹肚子闹到肠胃炎，行行大半夜跑了好几个地方，找二十四小时药店给我买药。

看他满身疲惫又完全掩饰不了担心的样子，我内心满怀愧疚。

他从来不会对我说"我早就说你不该怎么怎么样"之类的话，他只会在我撞了南墙犯了错后，默默地主动帮我收拾一切烂摊子。

他喂我吃完药后，我顺手抓住他的衣角，特别真诚地跟他道歉："我错了，我真的错了，下次你说什么我都听！"

行行放下水杯，用温热的手掌帮我揉肚子："不用跟我道歉，你乖一点儿就行了。"

🍓 22.

我是一个很爱吃水果的人。

春天的樱桃、草莓，夏天的西瓜、芒果，秋天的苹果、橘子，冬天的甘蔗、青枣，我觉得自己可以写一本《四季水果食用指南》。

行行对水果没有偏好，如果非要说吃得最多的，那就是苹果了，谁让到处在宣扬苹果养生。

但因为我特别喜欢芒果，又自己懒得剥皮，所以行行被动地掌握了削芒果的独家小妙招，不光皮削得好，果肉都是一块一块切好放到碗里，再帮我插上牙签。

有次被我妈看到，狠狠数落了我半个小时，让我不要奴役行行。

所以后面我都洗心革面，自己洗水果切好摆果盘，然后递给在书房工作的季同学。

"这位同学，采访你一下，享受了陆仙女五星级超豪华服务的你，此刻是不是特别幸福？"我手握成拳，充当话筒伸到他唇边。

行行挑眉，笑了一下："幸福，但是为仙女服务，我会更幸福。"

我当时就想录音给我妈听。

这才不是奴役，是我们心照不宣的默契！

🍓 23.

一向未雨绸缪如行行，也曾经有过失算的时候。

那时候是我们去某有名的火炉城市玩，天气预报说好的一连半个月都是晴天，所以我们出门去逛景点的时候就没带雨伞。

结果，进地铁前晴空万里，出来后就忽来暴风雨，搞得我俩措手不及。

我拉着行行进旁边的商场躲雨，准备再去里面的超市买把伞。

逛着逛着，我就看见了超市门口的充气城堡，勾起了我的童年回忆。

我说："我好想进去玩啊。"

行行默默地看着我。

我又默默地看着他。

两分钟后，他已经去柜台给我买了票。

我指着充气城堡前的公告栏，盛情邀请他一起："你看，这里说家长也可以进来。"

行行拒绝我时是这么说的："我相信我们家的小朋友最懂事，自己可以照顾好自己。"

🍓 24.

最后我还是没有厚着脸皮，以八岁零一百多个月的高龄进到里面和一群小孩儿打成一片，把票送给了一个趴在围栏上看了半天的小朋友。

刚刚那场骤然降临的大雨把我的头发淋湿了一半，在我自己察觉之前，行行先发现了。商场里的卫生间刚好有吹风机，行行重操旧业，帮我把头发吹干。

旁边经过的路人不乏用奇异的目光看向我们的，但行行连眉头都没动一下。

吹完头发后，我夸奖他："我家行行最贤惠！"

被人用异样目光打量都无动于衷的行行，竟然因为我这么一句话耳朵红了。

🍓 25.

我妈一直记得行行。

毕竟季同学是那种被各科老师夸奖的乖学生，家长会上能让班主任浓墨重彩地表扬一番，老师的天性让我妈潜意识会对他心生好感。

我试探我妈，说我交了男朋友时，她旁敲侧击了半天，结果问出了行行的名字，毫不夸张地说，她当时的表情像是被雷劈到了。

半天，我妈才憋出一句："你逼人家的？"

我无语凝噎，并开始怀疑"当初一个大雪天，我和你爸路过家门口巷子里，看见一个小孩儿被丢在那里怪可怜的，于是就说抱回家养吧"的故事是真的了。

我为自己力证清白："他追我的！"

我妈没说话，但是脸上写着四个大字：怎么可能！

这对我造成的伤害值又翻了一倍。

为了以证清白，放假后，我直接把行行叫来我们家里吃了顿饭，证明他不是被我抢回来当压寨夫人的。

吃完饭以后，把行行送走，回想季同学饭桌上对我的关怀备至、对我爸妈的礼数周全，我理直气壮地跟我妈说："这下你信了吧！"

谁知道我妈语气颇为复杂，像个扇形统计图一样，带着三分欣慰、三分惆怅，以及四分"我家的猪怎么就拱到了别人家的好白菜"的不解，跟我说："你要对人家好一点儿。"

🍓 26.

行行跟我在一起前，逛商场买衣服的次数可能是一年三次，每逢换季买一次，剩下一次的衣服，还是上一次换季一起买的。

大概他做梦都没想到，会摊上这么一个热爱逛街买衣服的女朋友。

平时我都是约毛球等小姐妹一起逛，但上次"十一"刚好我和行行都放假，就拉着他一起去商场买秋装。

我以前看过一本小说，作者在里面详细地描述了一个男配角穿粉色毛衣有多么精致好看，在我心里留下了深深的执念——以后我找男朋友，也一定要让他试试粉色的毛衣。

在行行的第一百次拒绝与我的第一百○一次哀求之后，他被我推进了试衣间。

其实，行行这种冷酷脸和粉色这种少女色确实有点儿违和，所以我跟他说，换好衣服打开门悄悄给我看一眼就行了，我在心里也把期待值放到了最低。

所以我完全没想到，行行穿粉色竟然有种冰山化成绕指柔的萌感。我迅速地掏出手机准备拍照，然后被他仗着身高优势一把抢走了手机。

"做人要诚实守信。"他在暗示我之前说好了"只看一眼"。

我委屈巴巴跟他对视半天，低头瞥见自己身上的粉色连衣裙，忽然又想到一个理由："行行，你看，我今天也穿粉色，那我们是不是四舍五入等于穿了情侣装？既然穿了情侣装，不拍张合照留念是不是有点儿可惜？"

我为自己强大又严密的逻辑鼓掌。

行行低头看了我一眼，斟酌了一下，说："我觉得更像亲子装。"

长得高了不起吗！

🍓 27.

知乎给我推送过一个话题：你有没有做过什么其他人都不理解的事情？

说起来，我当初高考完填志愿，选这个专业的时候，就是身边所有人都不理解。我爸妈甚至差点儿让我复读，因为他们觉得我是高考没考好，才自暴自弃随便选的大学和专业。

我说："不是，我是真的很喜欢物理才学的。"

后来专业课学到吐，大半夜解一道题用了四五张草稿纸、画了十几个分析图也没做出来，趴在桌子上自己跟自己较劲的时候，我也在想，可能是因为真的喜欢，所以再难我都要坚持下去吧。

考研前期，有一次和行行聊天的时候，我很茫然地跟他说："别人好像都觉得我好'中二'，学这个出来干什么呢，一个女孩子本来就不好找工作了，还要读这种专业。"

他没有说对或者不对，只问我："你自己怎么想？"

我看着他，说："我只是在做我喜欢的事，没有想过未来。"

他拍拍我的脑袋，轻轻地笑了笑："那你只要做你喜欢的事就好了，你的未来交给我。"

从那一天起，所有对未来的犹疑和不确定，因为有他在我身边，都变成了心安和坚持到底。

🍓 28.

然而哪怕是行行，也有猜不透我的时候。

微信小程序开始流行的那段时间，我们大学寝室经常一起玩"你画我猜"的小游戏。

和行行这种随手勾一笔线条都好看的人不同，我是一个不折不扣的灵魂画手。

　　当时轮到我画，他们来猜，给定的目标词语是"按摩"，我心想这还不好画？随随便便画了一个小火柴人，披着一头长发，旁边站着另一个火柴人，双手在他头上揉搓。

　　我满怀信心地画完后，视线移向了答题区，看见他们猜的词语有："上吊""勒死""掐人"。

　　差点儿把我潜伏了二十多年的心脏病气出来。

　　我怒气冲冲地截图给行行告状："她们太过分了！这都猜不到吗？！"

　　片刻后，行行静悄悄地发过来两个字："拜堂？"

　　好，我知道了，我今天就退出绘画届！

🍓 29.

　　我眼睛有一两百度的近视，我坚持认为是忙于学业所致，但我妈一直说我是打游戏看小说弄出来的，因为真正忙于学业的行行视力就很好。

　　好，我妈成功地让我在记仇的小本本上又把行行的名字记了一次。

虽然近视，但除了上课看书的时候，我都不怎么喜欢戴眼镜，所以有的时候出去玩，看不清路牌，我就要一直问行行。

快过年的时候，我得了一场重感冒，在年前两天终于好了，可以出去大吃大喝一番，滋润一下我被清粥浇灌了那么久的可怜的胃。

走在路上，我拉着行行的手左摇右晃地问路。

"哎，那边是什么，我看着像家串串店！"

"秋雨路第一药房。"

"那家呢，是麻辣香锅吗？"

"王师傅盖浇饭。"

"大龙燚！这个总是火锅了吧！"

"嗯，但门上挂了'店主回家过年，初五后恢复营业'的告示。"

最后不知不觉，我就被行行带去吃了瓦罐煨汤……

要不是他一脸正直，我有的时候怀疑他在骗我。

不对，这个人明明什么时候都是一脸正直！

🍓 30.

虽然我看上去不像会做饭的人，但是厨艺真的还不错。

毛球点评说，归根结底是因为我自己比较爱吃。

鱼香肉丝、宫保鸡丁这样的家常菜我可以信手拈来，毛血旺、水煮鱼这种川菜里的大菜也是轻松驾驭。

我第一次给行行做饭，是在我们的新家。我想试用一下燃气灶和油烟机，因为没备碗筷，还临时跑到楼下超市里买了两副。

等做完端上桌以后，我一脸期待地看着行行尝了两口，然后开始自夸："怎么样？是不是感觉还不错？有没有特别想娶我回家？"

行行当时的脸色有些奇怪，用一个成语概括，就是"如鲠在喉"。

我后来才知道，那段时间，他其实准备了很久的求婚，没想到被我这样玩笑般说出口了。

🍓 31.

说起求婚，其实在我的记忆里，行行也有一次我觉得比较正经的求婚。

行行的爸爸是我们市文化局的领导，温文尔雅，浑身书香气十足。而行行的妈妈是个女强人，掌管一家很大的药材机械公司。

他爸爸特别温柔，就是那种和他说话都觉得如沐春风的人。

我跟行行说："我怎么感觉你的脾气和叔叔一点儿也不像？"

"我爸在有我妈的场合，都会比平时温和。"他停顿一下，说，"所以……"

"嗯？"

"你要不要嫁给我试试？"

我的回答当然是——好啊。

🍓 32.

其实在此之前，我一直是有一点儿抗拒结婚的，因为我幼年时期的女神们都是不婚主义者，而且我这个人天生害怕一种绑定的契约关系，一直读书的原因就是不想去工作，不想签劳动合约。

我很恐惧被什么东西束缚，会让我感到压迫和不自由。

行行知道后，说："如果不结婚能给你足够的安全感，那我也可以一直陪你。"

我感动之余，想了想，说："不行，那我以后的孩子都不能名正言顺地喊你爸爸了。"

🍓 33.

我之前很喜欢看一个家居设计师的微博，每次看他分享的各种田园风、地中海风、马卡龙少女风，都迫不及待地想拥有一套属于自己的房子，按我心里想好的设计图装修。

其实我的要求也很简单，必要的只有两个，一个是可以躺在上面看到一整片星空的大飘窗，另一个是特别宽敞的浴室和大浴缸。

后来和行行挑房子的时候，也真的是按照我这两点要求选的。

和喜欢的人住在喜欢的房子里，过我喜欢的一生。

这就是我追求的全部幸福了。

🍓 34.

小时候我的智力启蒙是跟着我妈看她打麻将。

在说话还一个字一个字往外蹦的年纪，我已经语出惊人，可以说出"清一色""一条龙""杠上开花"这种专业术语。

我爸实在看不下去，把我抱回了家，拿出棋盘和两罐棋子教我下围棋，说是可以锻炼思维能力。

我家老旧的台式机上，第一个游戏软件就是《清风围棋》，最好学的那段时间，我每天放学回家写完作业，都要打开软件随机匹配一名网友下两局棋。

行行爸爸也很喜欢下围棋，后面每次去他们家，他爸爸在家而且不忙的话，都会邀请我和他下一盘棋。

我感叹道："早知道当年学围棋还有这个用处，我就好好学了，也不用每次都要叔叔给我放水。"

行行说:"不会下也没关系。"

"真的吗?"

"嗯,大不了就让我爸妈以为,我女朋友是个傻瓜。"

"季景!"

他弯弯眼睛补充道:"而他们的儿子就喜欢这样的傻瓜。"

🍓 35.

我的泪点很奇怪。

在看小说和电影、电视的时候,我很少会被虐哭,却经常因为一些很温暖的事情哭。

四五年前,我和毛球一起看《超能陆战队》的时候,看到大白的回忆里,哥哥生前一遍又一遍地试验为弟弟精心制作的礼物时,我在电影院哭得稀里哗啦,把她都吓到了。

前年《帕丁顿熊2》上映,电影到高潮部分,我也是坐在一堆观众里狂掉眼泪。

去年除夕夜,我和行行各自回家吃年夜饭,我们约定好除夕的晚上各自回家陪爸妈,大年初一再回到我们自己的家。

饭后,我爸我妈和叔叔婶婶围坐一桌打麻将,我就带着几个弟弟妹妹看电影，小朋友们要看动画，我就点了自己也一直没来得及看的《寻梦环游记》。

我知道这种皮克斯动画电影，不管过程如何曲折，结局总是皆大欢喜的，但是看到最后高祖母对米格说"我祝福你，不带任何附加条件"的时候，我又没忍住鼻酸。

旁边是一群小朋友，我不好意思哭，就一个人偷偷躲回了房间。

行行刚好给我打来电话，我声音还有点儿抖，带着哽咽。

他一听就发现了我的不对劲："怎么了？要我过去吗？"

我吸吸鼻子说："我没事，就是看了部电影感动哭了。"

"行行。"我一阵后怕，"你老婆今晚差点儿在一群小弟弟小妹妹面前哭出来，被他们看见，肯定要笑我这么大个人了，看部动画片还会哭。"

"我知道。"他说。

"知道什么？"

"有个小姑娘看着大大咧咧，其实心思比谁都细腻。"

🍓 36.

因为高一那个圣诞节的误会，我们后来五六年都没有再联系过，所以我和行行一直默认不过圣诞节。

研二的时候，我的导师不知道从哪里弄来了一些餐厅券，给我们师门几人每人发了一张，还是家网红餐厅，日期就在圣诞节那两天。

我当时没想起圣诞节这件事，就问行行有没有时间去吃饭，他说有，于是就打电话去餐厅订好了位置。

直到过去以后，我才发现人特别多。

我和行行占到的是最后一个情侣座，我后知后觉那天是平安夜。周围很吵，连小提琴的伴奏声都被淹没了，这么嘈杂的环境，也没法说什么话，我和行行沉默地吃完了晚餐。

吃完饭后，他送我回学校，我俩从知春里地铁站出来时，是晚上十点。

那段时间天气不好，北京的冬天又总是雾蒙蒙的，月亮若隐若现地藏在高楼后面。

冷风呼呼地迎面吹过来，行行从口袋里掏出口罩，给我戴上。

温热的指尖擦过我脸颊的时候，我忽然抓住了他的手。

我说："行行。"

"嗯？"

我咬了咬嘴唇，说："以后的每一年，我都想和你一起过平安夜。"

他看着我没说话。

"不止平安夜，每天都想跟你一起过。"

他笑了一下："我考虑考虑。"

煽情的气氛一下被破坏，我气呼呼地说："便宜你了，这也要考虑？"

他嘴角翘着，手指向下拉住我的手："考虑怎么把你带回家。"

🍓 37.

我觉得我的自信心像弹簧一样伸缩不定。

当初研究生复试时，面试我的老师在问完专业问题之后，忽然转口问我："有没有想过这次考研没考上的话，会去做什么？"

我当时特别没心眼儿地诚实回答："复试之前我有想过，大不了回去再参加春招，还能赶上个末班车，复试之后……我觉得我表现得还不错吧。"

那个老教授当时就笑了："嗯，我也觉得我眼光不错。"

他就成了我后来的老板，让我陷入了一场被脆脆鲨淹没的噩梦。

有次我跟他一起在实验室加班到晚上八点半，我和行行约好了去看九点场的电影，行行就在门口等我。

远远看见路灯下的身影，我眼睛就亮了，老教授敏锐发现，转过头来笑眯眯地问我："男朋友？也是我们这儿的学生吗？"

我说："他学计算机的，在五道口上学。"

教授问我："那你怎么当初没想着考去那边？"

我摸了摸鼻子，笑着说："这不是千里迢迢上京城就是为了您嘛。"

其实我偷偷隐瞒了一句话。

我觉得最好的爱情，不是时时刻刻都黏在一起，而是彼此在自己的专属领域创造价值。

相爱的人有磁场吸引，走的不是平行线，总有到达交点的那一天。

🍓 38.

我的购物车像个收纳箱一样，平时逛某网购平台的时候，看到什么网评很好的零食，顺手就加入购物车，种草很久的吹风机要加入购物车，某传言有治疗脱发功效的洗发液也要加入购物车……购物车空间能容纳一百二十个，我能装得满满当当，但其实真正想买的东西寥寥无几。

有一年我生日，行行想送我礼物，不知道被谁点拨，打算帮我清空购物车。看到里面琳琅满目的各种东西，他沉默了整整一分钟。

忽然，他的视线直盯着页面下方的某个商品说明，一动不动。

我心里一惊，顿时警铃大作，顺着他的视线看过去——

"虚拟男友服务，专为单身女性打造,陪聊陪玩还含叫早服务,快来选择你的心动男友!"

我急忙道:"我可以解释!这是个误会!"

行行转头看我,示意我接着说。

"毛球的生日不是就在我生日后两周吗?这个是我想送给她的礼物,我发誓,不然就一个月不吃火锅!"

可能是觉得一个男朋友我都应付不过来,不太可能再找一个给自己添罪受,再加上誓言太毒了,行行没有再让我多解释,就相信了我。

然而……我放心得太早了。

第二天早晨七点整,行行准时准点把我叫醒。

我睡得一脸蒙,只听他说:"你不是想要叫早服务吗?"

我到底干吗要惹一只精打细算的金牛座!

🍓 39.

二〇一八年一月,周杰伦出了新歌,名字叫《等你下课》,又是那种"听第一遍觉得这什么歌词啊?听第二遍发现其实写得还不错,听第三遍就开始哭……"的歌。

我大半夜单曲循环 N 遍以后,分享到朋友圈:"想和你躺在学校的操场看星空。"

我好友里夜猫子一堆，其中一半人在跟我讨论歌，一半人在手动艾特行行。

于是我跑去给行行单独分享了一遍这首歌，问他："所以，你有没有想过来我们学校卖蛋饼？哈哈哈……"

他说："我知道你不吃早餐。"

哦，所以自从我们不再是异地之后，行行不仅逼我晨跑，还要看着我吃早餐。按时按量，一口也不能少。

🍓 40.

高中母校九十周年校庆时，往届的某学生会主席在北京工作，找我们在北京高校读书的校友，一起拍个视频为母校庆生。

我们一行人约在北京大学门口录影，本来只是一人一句祝福，最后大家再站在一起齐声祝母校生日快乐，结果拍视频的人不知道怎么回事，把行行帮我理头发的画面录进去了。

最后这一段视频不光没有剪掉，负责后期的人还在底下标注了这么一行字："各位学弟学妹高考加油，上大学以后可以像这对学长学姐一样，想怎么秀恩爱就怎么秀恩爱，我们不怕被狗粮噎死。"

🍓 41.

我还记得，大学毕业前的那一晚，宿舍楼下的草丛里围坐了很多人唱歌。

我们寝室的画风比较清新脱俗——我们在玩斗地主。中场休息的时候，我和小柠檬趴在阳台围栏上听他们唱歌。

唱歌的男生嗓音很好听，快唱到高潮部分时，我心血来潮打开行行的对话框，录音给他听："你说你有点难追，想让我知难而退。"

他很快回答："我不退。"

"哈哈哈，我也一点儿都不难追。"

怕他误会，我又补充了一句："对象只限定为你。"

其实我是想来要一句"毕业快乐"的，但又觉得太矫情了，没法说出口。

然而那天凌晨从梦里醒来的时候，我看见行行不知何时，已经把个性签名栏改成了：毕业快乐，诸事顺遂。

🍓 42.

初中那会儿，我妈把我送去学打羽毛球，为此还买过一支特别帅气的，某知名运动员同款羽毛球拍。

我给自己起了个外号叫羽毛球王子，参照著名动漫《网球王子》，并给羽毛球招式起了一大堆花里胡哨的名字。

学校里的体育馆有很大一片羽毛球场，那段时间放学后，我们班一群人经常留下来打羽毛球。

行行当年在我心中的形象就是两耳不闻窗外事，他从来没参与过我们的活动，所以我也一直以为他不怎么会打羽毛球。

读研以后，他们学校研究生部有打羽毛球活动，行行问我要不要和他一起去，奖品是无印良品的香薰机。

我正好一直计划着买一个，有机会赢回家，当然不会错过。

也是抱了香薰机的盒子回家时，我才知道原来他很会打羽毛球。

我问他："你什么时候学的？"

"初中。"

对话是简单的我问他答，但我忽然就有点儿鼻酸。

行行从来不喜欢说自己做过什么，可每一个相处的细节，都在悄无声息地提醒我，在我还懵懂无知的那些年里，有一个人已经用我不知道的方式，用他一切爱一个人的方式，在真诚热烈又沉默地喜欢着我。

All dreams

Part6.

三生有幸
遇见的人

are about you

🍓 01.

　　我在前面提到的大学室友唐糕，是个标准的理科妹子。

　　所有学科里，她语文成绩最差，独家绝招是《还珠格格》里小燕子式的混用成语，经常让我们周围的人一笑一整天，是大家公认的开心果。

　　有一天，唐糕跟我们说她上音乐鉴赏公选课，有个男生每次都要上台唱歌，还跑调跑得比唐僧西天取经还远，简直就是"she hai"她的耳朵。

　　我们最初以为这个"she hai"是个什么方言，因为唐糕时常激动之时就会蹦出一两句川普。

　　可见我们都一脸迷惑的样子，唐糕扬眉吐气一般，第一次站在智商的制高点俯视我们："就是那个'she hai'嘛，高中语文经常会考它读音的那个词。让你们平时笑我，没想到我还是很有文学素养的吧！"

　　我们几个人面面相觑，还是百思不得其解，究竟"she hai"是什么？

　　于是唐糕开始给我们讲解："就是形容一个人被迫害的那个词啊！"

我忽然灵光一闪，弱弱地问她："或许……你说的是'荼毒'？"

场面沉默了五秒钟，在唐糕愤而摔书之前，我们已经发出了雷鸣般的笑声。

🍓 02.

唐糕和男朋友是高中同学，高中毕业后在一起的，读大学时却没能报到一起，一个南上，一个北下，但这么多年感情一直特别好……虽然维持感情的方式常人难以理解。

有的情侣相处是你侬我侬蜜里调油模式，有的情侣相处是携手并肩志同道合模式，而唐糕和她的男朋友则是"你若安好，我受不了"模式。

两人从不说情话，骂对方的话倒是一筐接一筐都不带重样的，每次听见唐糕和男朋友打电话，要不是她脸上挂着笑，我们还以为她男朋友同时劈腿了八个女生才会被这样骂。

某军事竞赛体验类手游刚风靡全国那会儿，唐糕时常叫着我、她表妹以及男朋友，四个人组队打游戏。

她男朋友还是个"中二"少年，游戏名叫"我是超神"，于是唐糕就给自己取了个"专杀我是超神"。

因为我们四个的技术都很烂，却都喜欢一起跑到那种人非常多的地点参与混战，所以经常一分钟内四个人集体被人消灭，"尸体"躺在地上整整齐齐排成一排。

有次我误开了全体语音，"死"了以后，听见把我们灭队的人非常疑惑地说了一句："对面那个'我是超神'和'专杀我是超神'是在单挑吗？不好意思哈，打扰你们了。"

唐糕凑过来，微笑着回他："不是呢，我们这是情侣名哦，很别致吧？"

对方无语道："你们这算哪门子的情侣啊？！"

🍓 03.

我和唐糕打游戏的时候，小柠檬一般在刷微博追星，寝室唯一剩下的在看书学习的正常人，是我们寝室的大学霸栗子。

栗子是个特别典型的乖乖女，学习努力、成绩优异，各种家务活样样精通。

每次我妈来我们寝室，看到栗子整整齐齐的座位和我堆得乱七八糟的桌子，都恨不得换个女儿。

栗子作息规律得和行行有一拼，从大一开始，一直保持每天早上六点半准时起床，有课的话就先去教室占座，没课就去图书馆报到，一年四季风雨无阻。

寝室里玩"真心话大冒险"的时候，我问栗子："你曾经做过最冒险的事是什么？"

她想了想说："高中上自习课，把言情小说夹在书里偷偷看。"

我想了想自己中学时代那一堆"丰功伟绩"，闭上了嘴，一度特别害怕我会把栗子带坏。因此每次栗子休息时让我推荐小说看，我都要精挑细选一番，剔除所有带少儿不宜情节的书。

只有一本书是例外。

那是一本当时很红的校园小说，里面的女主是个像栗子一样乖巧可爱的学霸，男主是那种吊儿郎当、打架像家常便饭、前女友一打，但是又很会撩人的校霸。

评论区经常有男主粉和女主粉吵得不可开交。

有人在底下像我一样真诚发问："女主这种学霸到底是怎么会看上男主这种小混混的啊？"

过来人回答说："一般来说，一心沉迷学习的乖乖女就是容易被男主这种校霸吸引。"

我为了验证这条规律，把小说推荐给了栗子看，过了两天她看完，我问她觉得怎么样。

栗子开口就说："这个男主好苏啊！"

这是我第一次相信这条规律。

🍓 04.

第二次是在一个月后。

一向不怎么爱玩手机的栗子，那段时间经常抱着手机，手指不停地戳着屏幕打字，好像在和什么人聊天，清秀的脸颊上一直挂着笑，嘴角不自觉上扬，浑身散发着少女的光泽。

后来在我们的旁敲侧击下，打探出栗子的聊天对象是他们一个电影协会的成员。

那个男生也是我们学校的体育生，个子很高，在人均一米七的我校男生中间，堪称鹤立鸡群，长得也很帅，自带一种危险又有点儿吸引人的痞气。

而栗子心动的原因是，某天社团聚会，出来时外面下了大雨，男生撑伞把她送到了宿舍楼下。

栗子个子非常高，从小身边就没几个能比她高的男生，所以这样被一个同龄男孩撑伞还是第一次。

伞下距离那么近，足够某些隐藏的情绪逐渐发酵成喜欢。

因为男生是排球特长生，所以栗子每天的行程就多了一项：晚上从图书馆出来之后，先去体育馆看他队训。

哪怕是站在一群女生中间，被人海淹没，连用尽全力的呐喊声落在他耳中都辨不清晰。

但这一切丝毫不妨碍栗子看他的眼神不自觉地带着光。

毕竟恋爱中的人都知道："喜欢一个人，就算捂住了嘴，也会从眼睛里跑出去。"

栗子平时看上去是那种天真烂漫的女孩子，但她自己对这份感情的认知很清醒。

"我知道他不会喜欢我，我也知道自己不该喜欢他这样的人。但是人是控制不了自己的喜欢的，我也不想控制。"

遇见他之前，她这辈子做过最冒险的事，是把小说夹在书里偷偷看；遇见他之后，她这辈子做过最冒险的事，是偷偷喜欢这样一个男孩。

不管缘由，不问未来。

我觉得暗恋的人，内心都有一种很强大的力量，可以支撑他们不顾结果地喜欢一个人。悲欢喜怒都绑定在那个人身上，而对方可能对此一无所知。

所有的一切都要自己品尝，自己承担。

可惜的是，不是每颗种子落进泥土里，都能开出它所期待的那朵花。

🍓 05.

在我之前的描述中，浑身充满了谐星气质的小柠檬，其实本人是个特别英姿飒爽的白富美。

大学第一天开学，她爸爸开宾利把她送到宿舍楼下，当即就引起无数人围观，还上了学校的公众号表白墙。

从长相上来看，小柠檬给人一种"我超有钱、超跩，别惹我"的富家大小姐的感觉，所以一开始认识的时候，我们整个寝室都和她相敬如宾，有她在的场合，都不太敢大声讲话，怕大小姐随手甩给我们一张支票，叫我们闭嘴。

大一某次高数课，课间时分有个社团的学姐强行闯进来，用很蹩脚的英语口语向我们介绍她们的收费英语社团，像病毒传销一样，还打扰得大家不能补觉。

可她毕竟是学姐，我们这群大一的小崽子敢怒不敢言。

刚好小柠檬那时候从卫生间回来，回到教室的时候，听学姐讲起英语，用非常标准的英式发音对那个学姐甩过去一句话。

学姐愣了愣，问她："你刚刚说什么？"

小柠檬嘴角微勾，回她："我说，现在的骗子都要考个大学学历了，真不容易。"

全班顿时哄堂大笑。

学姐涨红着脸伸手指着她，小柠檬一脸无所畏惧的样子："你这个英文水平，我建议你和双语幼儿园的小朋友学习一下，不用谢。"

说完，上课铃响了，小柠檬回到座位上，学姐灰溜溜地跑走了。

经过这件事，小柠檬的威名再度响彻整个学院。

第一次寝室约好聚餐的时候，我们都害怕她要去什么人均八百八十八元的西餐厅，准备咬咬牙攒钱，结果问到小柠檬的时候，她随口道："咱们东食堂二楼不是开了个荷叶饭的窗口？我觉得那里就不错。"

也是从那个时候开始，我们渐渐发现小柠檬根本不是那种眼高于顶的人。优越的出身赋予了她矜贵的气质，一并而来的还有良好的教养。

再到后来，小柠檬跟着我们学会了网购，"双十一"找我一起拼单九元九三双包邮的袜子，整个人越发地接地气。

我时常跟她说："我要给你写一本书，就叫《堂堂一代白富美的陨落》。"

她说："写归写，稿费记得打我一半，我要买星球杯吃。"

06.

大四毕业，我们寝室四个人算是典型的散落天涯。

我和栗子分别在北京和上海读研，小柠檬去了英国最负盛名的那所学校，唯一没再选择继续读书的唐糕工作签回了老家四川。

小柠檬出国后，跟我有七八个小时的时差，但鉴于我习惯晚睡，她习惯早起，所以我们平时聊天娱乐和没有时差没什么区别。

她们学校十二月期末考之后，有一个多月的新年假，不用每天待在图书馆泡在各种试卷里，她被朋友拉去参加各种聚会，每晚"嘤嘤嘤"地跟我分享英国的男生有多么多么绅士。

我问："那你男朋友还没有着落吗？"

她"呵"一声："半年过去了，我真正认识的男生就四个，这让我怎么找？"

我问："四选一还不够？"

她发来"微笑"的表情："这就是你的解题新思路？"

这么说着，小柠檬却在一个月后，新学期的舞会上遇到了一个一见钟情的对象，是个脾气特别好，长得像年轻时的木村拓哉的台湾小哥哥。

嘴上一套一套的小柠檬，遇到台湾小哥哥就秒怂了。连舞会结束，小哥哥主动提出送她回住的地方，她都不敢答应下来。

结果，她喜欢小哥哥这件事儿被一个热衷八卦的男同学知道了，跑去找小哥哥帮她表白："你知道隔壁专业的×××吗？她好像喜欢你哟。"

说完，这人还做好事偏要留名，把聊天记录截图发给了小柠檬。

小柠檬急得眼泪都快出来了，赶紧跑去找小哥哥道歉："对不起，对不起！"

小哥哥温柔耐心地安抚她："没关系，我不会听他的，我只相信你说的。"

万万没想到小哥哥会说出这种话，小柠檬干脆破罐破摔地跟他说："其实……也是可以相信一下的。"

嗯……再然后，小柠檬同学二十三年的单身生涯就到此结束了。

🍓 07.

我人生中第一只大熊玩偶，是表弟小霍送给我的。

好吧，准确地说，是我敲诈来的。那段时间他正为情所困，自诩恋爱大师的我便自告奋勇地来帮他分析问题出出主意。

说起来，小霍也是个很冷淡的人。

和行行那种外冷内热不太一样，小霍是那种很随性、散漫、无所顾忌的性格。

他高中时遇过一个很讨厌的班主任，喜欢暗示学生家长送礼，对学生差别待遇。

小霍这么又跩又酷的人才不惯着他，每次都当作听不懂他的暗示，以至于小霍虽然成绩好，班主任也不太喜欢他。

有一次他们期末考试，学校给年级前十发奖学金以及奖状。

小霍去办公室领奖的时候，班主任还在冷嘲热讽："小聪明还是只能管一时，一次考好了也说明不了什么。"

连在小霍的奖状上写他名字都写得很不走心。

小霍"哦"了一声，从他手里拿过奖状，然后当着他的面转身丢进了垃圾桶。

再后来，这位班主任就被多名学生家长举报，被学校处分并辞退了。

还有一次，他们班有男生被体育特长生挑衅，一向对周围的事情漠不关心的小霍，竟然带头和对方班级"武斗"，虽然比的是骑自行车，最后还甩了人家二里地。

我万万没想到，这样的小霍会为一个女孩子烦恼。

女孩子是他高中同学，高考填志愿的时候，和他报到了同一所学校。

大学开学的第一天，小霍和他爸妈走在学校里，小姑娘特别热情地过来跟他打招呼，笑得又很甜，我小姨一看就喜欢上了人家，还挪揄小霍，问他和人家是什么关系。

结果，小霍开口就是直男三连击："你是谁？""隔壁班的？""我们认识吗？"

小姑娘脾气好，大概也是对他这个"目中无人"的糟糕脾气有所了解，没生气，还笑着跟他又做了一遍自我介绍。

说来也巧，小姑娘跟小霍在两个学院上课，但是思修、马哲、高数这一类的公共大课经常会安排在一起。

自第一次课上相遇后，小姑娘每次上课都给小霍带点儿小点心或者小水果。

我恨不得一巴掌把小霍拍醒："这么好的姑娘，真不知道喜欢你什么了！"

小霍说："我也不知道啊，所以总有一天她就不喜欢我了。"

"那你还烦恼什么？"

他摸了摸脖子，说："但是我好像有一点儿喜欢她了。"

这是个什么别扭精！

我一时语塞，跑去问行行："你们这种走冰山路线的男生内心活动都这么别扭吗？"

行行说："所以我等了七年才追到你。"

小霍不知道我已经在他姐夫面前把他卖了，就像行行也不知道，我立刻以他为血淋淋的例子教育小霍，男生遇见喜欢的对象一定要主动出击。

🍓 08.

忘记了为什么，高二有段时间我特别厌学，看到课本就应激性头痛的那种。

直观体现在我平时能考一百四十五分的英语，在一次全省八校联考里考了八十分，甚至连及格线都没到，成绩下来之后，班主任老周把叫我去谈话。

那个时候是下午第三节课的大课间，他把上小学的儿子接来办公室。小正太在吃肯德基，一口一根酥脆的薯条，看得我饥肠辘辘，偷偷咽口水。

老周瞟了我一眼，给我让了个座，让我和小正太一起吃。

看我吃得差不多了，老周才开口："陆绒，你有没有想过长大以后要做什么？"

我歪了歪脑袋，笑嘻嘻地跟老周开玩笑："征服星辰大海！"

他没生气，也跟着我笑："现实点儿呢？"

我摇了摇头："没有想过。"

"我还记得高一刚调过来教你们班的时候，看到你们班的成绩表，有个女生物理成绩那么好，每次都考满分，挺惊讶的。后来到班上一看，还是个秀秀气气的女孩子，就更惊讶了。"他脸上的笑容收了收，"我一直觉得你是个很聪明的孩子，也很有想法，老师不怕你们走错道什么的，你们还年轻，有很多试错的机会，哪怕跌倒了，再爬起来，又是一条好汉。但是每一次试错，也肯定会伴随着疼痛和眼泪，老师不想看到你们哭。"

我吸了吸鼻子，红着眼眶跟他说："老周你再这么煽情，我就要哭了。"

老周抽了张纸巾给我："哭吧，我这里帮你跟英语老师要了十五张卷子，在这儿哭完就回去写。"

"这次我是真的要哭了！"

🍓 09.

前年冬天放假，我和行行一起回高中母校看老师。

老周正好那节课没课，我就在他办公室坐了一会儿。

这么多年过去，他看着还是那么年轻，端着他多年不变的那个搪瓷茶杯泡胖大海，一边喝一边教育一个小男生。

那个小男生是个年级出名的天才，跳级上的学，理综三科都好得令人发指，之前一心要考行行他们学校的少年班，全国最聪明的学生聚集的地方。

但是莫名其妙有一天，过了初试的小天才跟家里说自己不想考少年班了，却怎么都不肯说原因，把爸妈愁得不行，跑来找老周，老周也没问出个所以然，只能每天课间把他找来谈心。

小天才他们班这节课是自习课，熟悉的上课铃声响起的时候，老周去其他班上物理课，把我留下替他"审问"小朋友。

我哪知道该怎么审问，只能"套路"他，随口就问了一句："你喜欢的那个女孩子喜欢你吗？"

小天才下意识地点了点头，才猛然惊醒，惊愕地看着我："你怎么知道……"

我要怎么跟他说，这是写言情小说多年培养出的敏锐呢？

我冲他安抚地笑笑："你别怕，都是学生时代过来的，我不会告诉老周的。"说完，我又问他："那个女孩子聪明吗？"

小天才点头。

"那你们一起考不就行了？早一年毕业，早一年享受大学的自由时光！"

"可是她说她考不上……"

我说："所以这就需要你出马了呀，给她信心，多辅导她。"

还没等我发挥辩论队口才再劝他一番，老周就回来了，我最后只能给小天才比了一个"加油"的手势。

后来七月收到了母校喜讯，有两个学生考上了 A 大少年班，是小天才和他小女朋友的名字。

我一直坚信，比一方停下等另一方更持久健康的恋爱方式，是我们一起走呀。

不管前方是荆棘密布，还是光明坦途。

🍓 10.

有段时间，茶颜悦色在微博特别火，几乎成为长沙的一大标志。

本视奶茶如命的女孩受不了诱惑，刚放假心就飞去了长沙。

行行没时间，我就软磨硬泡让毛球陪我一起去了。

不夸张地说，在长沙待了四天，我回家上体重秤一称，胖了五斤。

回来以后，我爸问我："《欢乐总动员》看过了吗？"

"啊？《欢乐总动员》是啥？"

我爸—— 一个非常潮的中年男子，给我解释说："就是何炅和谢娜主持的那个节目嘛。"

我语塞半天，解释道："人家那叫《快乐大本营》！"

我妈在厨房切水果，笑得砧板都在颤抖。

🍓 11.

有天夜里，我起床喝水的时候，毛球失眠了，给我发来消息说："我好生气！"

毛球脾气一向很好，我就没见过她跟人生气，闻言，立刻水也不喝了，在沙发上正襟危坐："怎么了，怎么了？谁惹你了！我马上拿上我的水果刀去找他！"

毛球："我男朋友啊！"

我愤怒回复："什么渣男！"

三秒后，我终于恢复了理智："你哪来的男朋友？"

毛球："就是因为他现在还没出现，我刚刚在想，他现在可能在哄别的小女生，我就来气！"

"姐妹，有句话我不知当讲不当讲？"

"说！"

"当你的男朋友好惨啊……"

🍓 12.

毛球也是朋友里第一个知道我和行行要结婚的人。

我当时想了半天要怎么跟她说，微信对话框内打了删，删了打，结果毛球直接一条消息甩了过来："要借钱直说，但是十元钱以上免谈啊。"

瞬间让我忘记了刚刚在脑海里遣词造句了半天的开头。

我说："犹豫了很久，还是决定告诉你这个消息，你要当……"我卖了个关子。

毛球迅速回复一长串问号。

"什么鬼！季景在干吗？你们还没结婚啊？！你们现在还在北京是吧，我这就坐飞机过去打他！"

我意识到玩笑开过火了，赶忙解释："没有没有，我们就是要结婚了，所以来通知你准备好当伴娘！"

毛球沉默了。

在她沉默的三分钟里，我伏低做小地为自己无聊的玩笑给她发了二十几条道歉，终于等到毛球的回复，甩过来的是一张购物截图。

"我要买八百八十八响礼炮庆祝季景为民除害！"

然而，真到我和行行领证前一天的晚上，毛球又给我发了好长好长的消息。

她在最后写："二绒，我现在在努力赚钱。如果季景对你不好，我立刻带你走。"

All dreams

欢迎光临
我的城堡

🍓 01.

我有一个梦想是当吃播，每天主要的工作内容就是对着镜头吃好吃的，一边吃一边还能赚钱——这是什么神仙生活。

行行狠心泼我冷水："吃播要饮食均衡，观众想看什么，你就要吃什么。"

我心虚道："行啊，我也不是很挑食。"

行行点头："对，你也只是不吃番茄、西蓝花、白萝卜、秋葵、苦瓜……"

我羞愤交加，为自己辩驳："那我可以做那种每天直播吃火锅的吃播呀！"然后清了清嗓子，说："挑战吃火锅三百六十五天，今天是第一天！"

行行见招拆招："然后患了肠胃炎，去医院吃一个星期的小米粥。"

我默默地想：算你狠。

男人真可怕。

我吃火锅吃到患肠胃炎这件事，我怀疑他要记一辈子了。

🍓 02.

我特别不喜欢排队，除非是为了买我特别喜欢吃的东西。

因此我研二快结束时，和行行本来打算挑五月二十日领证，为了不和那么多人抢，最后把日期定在了五月十九日。

工作人员在给我们填表登记的时候随口问了一句："怎么不再等一天？"

我看了一眼行行，然后笑眯眯地回答她："因为这样的话，我们领证的第二天就是五月二十日，说明结婚以后，每一天我都会比前一天更爱他。"

"哇，这个寓意好！"小姐姐对我比了个大拇指，祝我们新婚快乐。

去拍照前，我偷偷戳了戳行行，问他："感不感动？"

行行拉紧了我的手："我在想问题。"

"什么？"

"怎么比今天更爱你。"

🍓 03.

活了二十多年，我一直不知道自己是什么血型。

小的时候，我老是被蚊子咬，不点蚊香的话，一夜过去，蚊子能在我身上留下一幅《清明上河图》。

于是我妈就说我是Ａ型血，因为蚊子特别喜欢咬Ａ型血的人。

我在心里默默地把我是Ａ型血这件事记了十来年。

然而，长大以后，蚊子莫名其妙就不咬我了。

我们寝室另外几人，为此每到夏天就挤在我旁边，觉得我方圆一米内应该"寸蚊不生"。

我理智地指出了盲点："你们不觉得，就是因为我周围的蚊子不会咬我，所以它们格外饿，要吸更多别人的血吗？"

她们三人陷入沉默。

由于我不被蚊子咬了，我妈又说我是Ｂ型血，因为蚊子不喜欢咬Ｂ型血的人。

我妈真是一个随机应变的中年妇女。

我和行行婚前体检的时候，决定顺便查一下血型，满足我长久以来的好奇心。

后来去医院拿报告的时候发现，我真的是Ａ型血，而行行是Ｂ型血。

谁也没想到，我竟然第一时间在算，我们以后的孩子是不是四种血型都有可能。

要不是行行把我拉走，我当场就要拿纸画出一个生物遗传系谱图。

一旁表情一愣一愣的护士小姐姐大概在想：现在真是什么人都能结婚了。

🍓 04.

高考完，周围很多朋友相约去献了一次血，作为给自己的成人礼礼物。

但我当时年纪还不够，所以没能和他们一起去，等满了十八岁，年纪达标，体重却不够四十五公斤，所以又没能实现这个小小的愿望。

这些年我一直在努力增肥，体重在四十五公斤上下摇摆徘徊，和行行领证那天，刚好是我人生中的体重峰值，于是我们领完证以后，决定去献一次血。

我的原因很简单。

想实现自己的夙愿，也想让上天知道，我们俩在一起会是一件特别特别好的事情。

所以，上天保佑啦，让我们一直在一起。

🍓 05.

我不是大学室友里第一个结婚的人。

毕业后的第二年，唐糕和六年恋爱长跑的男朋友步入了婚姻殿堂。

我和栗子分别从北京和上海请假飞过去，远在海外的小柠檬也视频发去了贺电。

唐糕家里是开牛肉面馆的，我和栗子过去的时候，她男朋友正系着围裙、戴着厨师帽给顾客端面，一点儿也不像曾经校园时代篮球场上叱咤风云的人物，充满了烟火气息。

我和栗子相视一笑。

婚礼那天，看见他们俩在证婚人面前宣誓，我悄悄在下面发了一条朋友圈："希望我的每个朋友都可以嫁给爱情，而我——永远当仙女。"

毛球在底下评论："别贫了，什么时候回来约火锅？"

行行评论道："回来的机票帮你订好了，仙女记得安全着陆。"

🍓 06.

给大家喂了这么多狗粮，心里非常过意不去，所以在这里教大家一个生活小窍门，喝"肥宅快乐水"的神仙方法！

首先，拿到一瓶塑料瓶装的可乐；第一步，使劲摇，然后放冰箱冷冻室，冷冻一至两个小时；第二步，拿出来后轻轻拧开瓶盖放出一点儿气，再迅速拧紧瓶盖，把可乐瓶瓶盖向下倒置，可乐就会快速凝结成冰霜。

这个时候，拿出事先准备好的小杯子，把可乐倒进去，这样，一杯超级消暑又刺激的可乐冰沙就做好了！

喝一口，透心凉，心飞扬。

然后，我被行行瞪了一整天，他非要看着我灌下五大杯热水。

🍓 07.

我很讨厌下雨天，哪怕是我超级无敌喜欢的周杰伦，也有一句我不喜欢的歌词："最美的不是下雨天，是曾与你躲过雨的屋檐。"

还躲屋檐……我下雨天根本就不想出门。

后来的一次休假，我和行行一起在雨天睡午觉，醒来的时候，看见隐隐约约的光线盖在他脸上，在他的睫毛下压出了一朵小花。

忽然就感受到了下雨天的美。

不是躲过的屋檐，是有你在我身边。

🍓 08.

本二十多岁的美少女已经提早步入了老年人的生活，开始热衷于足疗保健。

某次导师带我们去外地调研，当地有山有水，景点特别多，我和一群平时大门不出、二门不迈的师兄妹一起，每天要走将近两万步。

起初还兴致勃勃，自己终于在微信运动的步数排行榜上名列前茅，结果没过几天就觉得腰酸背痛腿抽筋。

于是某天，我们师兄妹几人吃完晚饭后，干脆就去足疗店躺了两个小时，享受奢华的按摩加精油推拿服务，一边痛一边觉得筋骨舒展得很爽，爽到发朋友圈安利了这家店。

评论A：现在给我买机票，我这就飞过去。

评论B：这就是你背着我们去大保健的理由吗？

评论D：和季景一起去的？我怀疑这条朋友圈在虐狗。

我回复D：不是，你冤枉我！我是那种随随便便就要发朋友圈秀恩爱的人吗？

刚回完没多久，被点到名字的行行也跟着评论了。

行行：我会推拿，回来我给你按。

我这才想起，行行的外公就是个中医。我甚至怀疑他继承了祖上的衣钵，没准连拔火罐都会。

D 回复行行：还说你们不是在虐狗！

🍓 09.

之前网上有一个投票，叫作"对女生而言，卸妆和洗头哪个更令人头疼"。

我一年里正儿八经化妆的次数屈指可数，所以我毫不犹豫地选了洗头。

女生洗头，尤其是长头发的女生洗头，堪称一大酷刑。洗头的过程倒是其次，最难的是把头发吹干，我学物理的一大原因就是我一直想发明一个自动吹发机。

哪怕学的是一个有名的"脱发"专业，但先天基因导致我一边掉头发，一边头发仍然炸得像金毛狮王。每次吹头发，我都觉得像过去了一万年，头发却还没干。

和行行住在一起后，我就逐渐把帮我吹头发这个光荣的任务交给了他。

一般的流程就是，洗完澡后，我半躺在他腿上玩手机，任他给我吹头发，一边享受五星级服务一边问："行行，如果你以后发财了，还会给我吹头发吗？"

他问："发多大的财？"

我一下子坐了起来，"你竟然真的在考虑！"

"躺好。"

"哦。"我的气没消，小小地警告他，"你现在就算发财了，也是属于我们两个人的，是夫妻共同财产。"

"嗯，所以你现在长的头发我也要负责。"

🍓 10.

我虽然是独生女，但是表哥表姐一大堆，而且大家的关系都非常好。

嗯……具体表现在，自从我上大学开始各种兼职赚钱以后，我经常会收到以下这种电话以及微信消息：

"亲爱的妹妹，借点儿钱给你哥，下个月就还你，请你吃小龙虾。"

"跳跳，姐姐下周过生日了，准备好礼物了吗？我看迪奥新出的那个口红色号挺好看的，我把链接发给你哈。"

我可能还有一个别名，叫作自动取款机。

别人家兄弟姐妹可能想着以后赚钱了互相扶持，我们家都想着等对方发财，然后让自己舒舒服服地躺在床上当咸鱼。

我第一次到行行家，发现他们家小辈之间讲话会用敬语的时候特别吃惊，觉得自己梦回二十世纪了。

比如行行舅舅家的孩子，也就是他的小表弟，那天刚好在行行家玩，睡个午觉起来，衣服的腰带开了。我余光瞥见小朋友坐在床上纠结了半天，然后慢吞吞地挪到我面前，特别有礼貌地问我："陆绒姐姐，请问你可以帮我系一下腰带吗？"

带惯了家里无法无天的小孩们，乍一见到这么乖巧听话的孩子，我整个人都很窘迫。帮他系好腰带后，他又客客气气地说："谢谢姐姐！"

"不、不用客气。"

回去的路上，我突发奇想，又调戏了一下行行："行行哥哥，请问你可以带我去买一杯奶茶吗？"

行行闻言，脚步顿了一下。

我正要笑他这么容易被吓到，就听见他说："再叫一声。"

"行……行行哥哥？"

谁能知道一向秉公执法的行行哥哥，那天竟然破天荒地同意我喝两杯奶茶，虽然到最后，第二杯的一大半被他喝了。

所以，男人到底是什么奇怪的生物？

🍓 11.

前面多次提到我体育差、肢体不协调，不夸张地说，我是那种广播体操做得都不如机器人的选手。

但是，人的天性就是总喜欢跟自己截然不同的事物，所以我尤其喜欢看小姐姐跳舞。

某弹幕网站上，我关注最多的视频博主是各种各样跳舞好看的小姐姐，每天一边为小姐姐们绝妙的舞姿倾倒，一边幻想下辈子当个柔软的瘦子。

某天晚上，行行加班回来，我又刷了一晚上的跳舞视频，最后痛定思痛地跟他说："以后我们生个女儿吧，然后送她去学跳舞！"

行行看了我一眼："基因可能不允许。"

我忍气吞声："可是大家都说，女儿会更像爸爸！"

行行从善如流地笑了笑："所以我也不行。"

跳高和三级跳都打破过学校纪录的人说这种话，简直是在嘲讽我。

我生气了，保持沉默，把行行推去洗澡，然后继续看视频，直到行行洗完澡过来没收了我的平板电脑，关了灯，开始脱衣服。

我还一点儿都不困，问："睡这么早，你要干什么？"

行行镇定自若地回答："你不是要生女儿？"

🍓 12.

我是个不太在意别人放我鸽子的人。

比如说，我和朋友提前约了早上出去玩，她如果临时说有事不能过来，我会开开心心回家补觉，而不会觉得生气。

毛球说我的本质是个睡觉精。

那段时间，高中跟我传绯闻的一个男生回国来北京，我们在北京的几个高中同学聚了聚。行行不是很高兴，但是什么也没说。

据说男人也有闹别扭的时候，他不说，但是又想表达一下自己的不满。

所以他想出了这样一个办法。

前一天，我发现家里的洗衣液用完了，然后约好第二天早上一起去逛超市买点儿日用品。

早上八点闹钟响的时候，他说早上临时有个视频会议，所以不能跟我一起去了。

我当时可开心了，因为我前一天晚上复习到两点，在研究一篇论文，一直没睡好，闻言兴高采烈地把他推去书房："你去吧去吧，不用管我！"

然后等他出去三秒后，我立刻重新躺下，睡得不省人事。

行行说，他当时就觉得不应该跟我这种人生气。

🍓 13.

和我传绯闻的那个男生，我们就叫他绯闻哥吧。

我和绯闻哥的事儿是这样的。

我从高中就开始写小说，而绯闻哥恰好是个文艺青年，很爱看书，各种题材都有涉猎，连我写的言情小说也来者不拒。

他不光看，还能给我提提意见，于是我们就经常进行一些纯洁的学术交流。

写文写到中间，对男主心态拿不准的时候，我就会问问绯闻哥："你觉得这里，男主应该冷酷地说'女人，你这辈子只能留在我身边'，还是柔情地说'宝贝，别怕，有我在'？"

绯闻哥严肃地摸了摸下巴，指点我另一条路："这里吧，我觉得男主给张八百万的支票更合适。"

我思索一番，点了点头，奋笔疾书地把"梗"记下来。

那会儿，我经常把写的东西拿给绯闻哥看，因为都是手写的小说，班上其他同学都默认为是情书。

这种事呢，一般是你越解释，别人越肯定，我就干脆装不知道，正好快高考了，我也就不写了，和绯闻哥开始保持距离。

绯闻哥那边因为反应迟钝，压根就没受到过任何困扰，甚至直到高考以后同学聚会，被人问起，他才知道我和他在别人心中曾经是那样的关系。

KTV包厢内，绯闻哥手握话筒，一脸迷茫地喊道："哈？！什么情书？陆绒只会问我她的男主应该是黑道邪魅小王子，还是帝国冷酷大将军！"

振聋发聩的回音里，我恨不得把绯闻哥当场掐死。

🍓 14.

吟诗作对是我在闲暇之余的爱好之一，我吹牛的时候常常说，如果早生个一千多年，《唐诗三百首》加上我那份，可能就变成《唐诗三百零一首》了。

我的代表作如下：

"长恨春归无觅处，不觉已不穿秋裤。"

"知否，知否，火锅应点酥肉。"

"燎沉香，消溽暑，我妈督促，早起要跑步。"

前两天，我家楼下新开了一家烧烤店，每天从旁边路过，我都要屏住呼吸，因为生怕一个没忍住，我人已经坐在店里了。

然而比起火锅，烧烤更是季同学明令禁止的食物，我想都不要想。

忍了好几天，我终于决定向行行提出卑微请求："天若有情天亦老，小陆真想吃烧烤。"

行行从容淡定地回复我："万水千山总是情，想吃烧烤真不行。"

我怒摔键盘："我决定不要叫你行行了，你根本就不行！"

这句话引来的后果就是，当晚，较真的季行行同学就"到底行不行"这件事跟我探讨到月上中天。

说好的作息规律要早睡呢？！

🍓 15.

物理学里有个大家耳熟能详的定律，叫能量守恒定律，通俗表达是：一个封闭系统内部的总能量会保持不变。

我跟行行说，这个换到人身上，就叫脾气守恒定律。他以前在学生时代对我发过的脾气太多了，所以现在才会对我那么好。而我就不一样啦，我们仙女的爱是永动机，可以源源不断地流淌。

🍓 16.

不知道为什么，读中学时背书超快的我，二十岁以后的记忆力衰退得特别厉害。

明明刚跟朋友说过一遍的事情，没过多久就会忘了，然后再说一遍。

毛球说我结婚以后的智商直线下降。

"以前的陆绒聪明得令人发指，现在的陆绒让我觉得马上要给你买几捆报纸。"

还挺押韵的。

我问她："买报纸干吗？"

毛球说："新闻上说，老年痴呆患者就喜欢撕报纸。姐妹一场，我提前给你备好了，不用谢。"

"呸！"

跟毛球"呸"完，我心里也不是不慌的，跑去找行行假哭："完了，以我现在的智商，根本读不了博了！"

行行抛出几个前几天跟我一起整理论文时我记录的问题，我不假思索地回答完，对自己的智商找回了一点儿信心。

最后，他看着我问出了一道送分题："我是谁？"

我是什么人？能轻易放过这种机会吗？

于是我很快顺杆子往上爬："会带我去吃火锅的全世界最好的行行！"

行行满意点头："没错，今晚喝小米粥。"

喂！过河拆桥就过分了吧！

🍓 17.

　　我喜欢吃的食物里，行行最不能理解的是螺蛳粉。

　　这种东西就是喜欢吃的会超级喜欢，不喜欢吃的闻到里面酸笋的味道就打死也不愿意尝试。

　　大学的时候，我和唐糕常常顶着栗子和小柠檬鄙视的眼神，卑微地在寝室阳台上煮螺蛳粉。虽然发展到最后，她俩也经受不住我俩一而再再而三的劝说，加入了"螺蛳粉真香"的行列。

　　行行本来口味就挺清淡，饮食也中规中矩，想都不用想，他肯定不会跟我一起吃，所以一般在家里，我也是自己端着小锅在阳台上煮。

　　我一边煮一边还要发朋友圈卖惨："谁能想到可怜的小陆被赶出家门流落街头，只是因为一包螺蛳粉呢？"

　　有个损友秒回："你老公对你已经很客气了，煮螺蛳粉的人在我们家是要沉塘的。"

　　还没来得及回那个人，行行就拉开了阳台门："天太晚了，外面冷，进来吧。"

　　"你不怕臭啦？"

　　他抬起手腕看了眼表："给你二十分钟吃完，洗澡水放好了，吃完就去洗澡。"

🍓 18.

自从我给我妈买了台电动榨汁机以后，我家里水果的消耗量直线上升。

榨西瓜汁、橙汁这种就算了，有天看我妈切了三个苹果放进榨汁机里，我实在忍不住，跟我妈说："苹果就不要榨了吧……这个直接吃比较好吃。"

我妈冷酷地翻起旧账："那你以前怎么老喜欢喝苹果汁？"

我闭眼后退："当我没说。"

而行行呢，是个连苦瓜汁都能面不改色喝下的狠人，跟我一起回家时，面对满满一杯黑暗液体，他一口气喝下，还说："这个天气喝苦瓜汁正好，清热消暑。"

我妈满意地对他微笑点头，然后瞪我一眼："你那杯剩那么多干什么？养金鱼啊？"

我又把这一眼瞪向了行行："谄媚！"

然而，我刚燃起没多久的怒火，在他趁我妈不注意帮我把剩下半杯苦瓜汁喝完的时候，又烟消云散了。

🍓 19.

姐妹的日常闲聊时间。

我和毛球说："我最讨厌的家务就是洗衣服了！每次把衣服放进洗衣机里，就已经耗尽了我全身的力气！"

她表示赞同："新世纪的美少女谁又愿意洗衣晾晒一条龙呢？"

我接着说："所以在家都是行行洗。"

毛球发来一行"微笑"的表情："我早该知道不要轻易跟你讨论这种话题。"

说起来，行行真的是一个家教非常好的男孩子，除了为人正直，做家务活也样样拿手。我帮不上什么忙，只能在他晾衣服的时候，在旁边诗朗诵，给他加油。

行行空不出手捂住耳朵，只能闭了闭眼睛以表忍耐。

半晌，他大概是终于想到办法把我支开。

"我刚把车厘子洗了，在厨房。"

我说："我是那种为了区区车厘子，就放弃陪伴我们行行的人吗？"

"我尝了一个，很甜。"

"好的，谢主隆恩，我这就去！"

🍓 20.

忘记因为什么鸡毛蒜皮的小事儿，我和行行冷战了，那几天他都睡在家里的次卧里。

刚巧，我妈给我们买了两套床上用品寄过来，我一边拆快递一边说："这么好看的床单才不给你用，我一个人用两套。"

边说边张望，确保我的音量能让隔壁房间的行行听见。

然而，冷漠的季同学听了也无动于衷。

晚上我从书房复习出来，看见被窝里已经塞进了一个人，床头还放着他给我倒的温牛奶。

在我开口前，行行先说话了："妈妈问我四件套好不好用，我试试。"

"哦……试试就试试。"

我们就这么和好了。

🍓 21.

我看了网上的安利，买了一对电动牙刷。

但我这个人有时候确实懒得人神共愤，牙刷用了不到一个星期，电量被消耗殆尽。没电了以后我又懒得充，特地叫行行帮我充又显得自己太矫情了，这点儿事都做不了。

于是我偷偷把行行那个牙刷的刷头拔下来，换上我自己的，刷完再安上去，整个流程如行云流水，一气呵成。

我一直以为自己做得天衣无缝，毫无破绽。

直到某天有朋友来我们家做客，参观我们家卫生间装潢的时候，瞥到置物架上的电动牙刷，问行行这个牌子的牙刷好不好用。

行行一本正经地回答："好用是好用，但两个人一起用的话，耗电比较快。"

我顿时面红耳赤。

🍓 22.

我表姐大我九岁，因为我爸妈工作忙，所以算是她把我带大的。

表姐结婚的时候，我惊天动地地大哭了一场，并发誓这辈子都不会理我姐夫。

这个誓言在后来我姐夫带着我表姐连请我吃了一个星期的火锅串串和烤鱼后，再也不复存在，再然后……我的小外甥就出生了。

不掺任何滤镜地说，我的小外甥是我见过的最好看的小孩，继承了我表姐的浓眉大眼、瓜子脸、美人尖，还有我姐夫的挺鼻梁和薄嘴唇。

我和行行说：“以后生个小孩，长相和智商像你像我都可以，但是脾气一定要像我。”

行行睨我一眼。

我自吹自擂道：“像我这样能屈能伸，才能左右逢源。”

行行敲了一下我的额头：“简称'屁'吗？”

我深吸一口气在心里默念：“能屈能伸……能屈能伸……”

🍓 23.

因为我写作的缘故，亲朋好友经常让我给新生儿取名，虽然我前前后后给小说人物起过上百个名字了，但毕竟都是纸片人，我还是不敢祸害别人家小孩。

就给小孩儿起名字这件事，我其实和行行进行过一次探讨：“以后孩子跟你姓，就叫'季星昊'，谐音'记性好'，跟我姓就叫'陆子野'，这是为母对他最大的期盼。”

行行听完后，直接把我的笔没收了。

“我不想我们的孩子从小因为名字而自卑。”

🍓 24.

我的小外甥现在读三年级，特别聪明伶俐，班上老师推荐他去上奥数班。

有一天，我表姐红烧了一锅小龙虾，邀请我和行行过去吃饭。

小外甥刚从奥数班回来，捧着数学书来问我题。

那是一道找规律的题目，前面几个数字是"1、1、2、3、5、8"，让写出后面一个数字是什么。

我扫一眼就知道这个是小学数学特别喜欢出的一道规律题，其实本质上就是斐波那契数列，也叫兔子数列。

我特别喜欢给小孩子讲故事，于是就把整个数列背后的故事讲给小外甥听，最后问他："现在会做了吗？"

小外甥听故事听得倒是津津有味，回到问题本身就又摇了摇头，诚实地回答："不会。"

我这边宣告失败，然后就换行行来教他。

我本来料定结局还是失败，谁料行行竟然教会了！

这个小不点跑去找他妈妈说："我觉得小姨没有小姨夫聪明！"

上学的时候，行行明明很少教别人做题的，都是我教！

行行解释说："是那段时间辅导你高数总结出来的经验。"

我说："所以以后教孩子的重任就交给你了。"

🍓 **25.**

最近我妈收拾家里的书柜，翻出了好几本我没被废品回收站处理掉的高中笔记，拍照发给了我，问我要不要留着。

我喊行行过来一起欣赏我码得整整齐齐教科书般的笔记，虽然里面的化学方程式、语文古诗词我早就不记得了，但是不妨碍我感叹当初的自己"上知天文，下知地理"，无所无能。

行行说："我见过。"

我这才想起来，因为我的笔记常年被各科老师当作典范夸奖，当初年级里有很多人来找我借笔记去复印。

我问行行："那你复印过没有？"

他摇头。

我佯装生气地埋怨他："你竟然不给你老婆捧场！"

他说："因为那个时候，我不敢去保存任何跟你有关的东西。"

🍓 **26.**

我看书的时候特别不喜欢在书边上写读书笔记，原因很简单，我的想法都是一些弹幕式吐槽，记在纸上的话，觉得整本书的格调都被我拉低了。

所以自从开始在电子软件上看书以后，我就可以随心所欲地标注吐槽了。

在我们家，我的平板电脑用来打游戏，行行的用来看书看剧，各司其职。

有段时间，我用行行的平板电脑刷了好多部侦探小说，一边看一边"唰唰唰"地写批注：

"这个男配角真是个变态，被杀了也活该！"

"啊……我喜欢这一对，好甜好甜哦！"

"这个美女怎么可能是凶手，我不信，我不信！"

诸如此类。

那天行行的小表弟来家里玩，我怕他无聊，他又不喜欢打游戏，我就把行行的平板电脑给他看书。

他看了一会儿后，小心翼翼地问我："姐姐，这是谁的电脑啊？"

我有些莫名其妙："你哥的。"

小表弟走的时候，行行刚好下班回来。

见到行行的那一刻，小表弟的表情该怎么说呢？

大概就是震惊中带着茫然失措，茫然失措中夹杂着难以置信，难以置信中又夹杂着"原来如此"，百转千回。

直到后来，我无意中发现上次看到百分之九十八的书，突然跳回到了百分之五十的地方，才知道发生了什么。

而行行至今不知道，自己在小表弟心里的形象发生了怎样翻天覆地的变化。

🍓 27.

我以前是个忠实的大团圆主义者，写文只写小甜文，但是因为我的责编八柚喜欢看虐文，以及杂志虐文栏目常年缺稿等原因，我只能忍痛含泪，由亲妈化身后妈。

不像八柚有"活着哪有死了好"这种经典语录，每次把主角写死，我都要默默忏悔很久：冤有头，债有主，你们要找就去找八柚啊……

行行看不下去了，某晚，在我去卫生间洗漱的时候，他对着我刚合上的电脑说："××（我的男主），你和×××（我的女主）在地下好好过，不要来吓我老婆。"

某些人当面没叫过我几声老婆，背后跟别人倒是叫得起劲。

🍓 28.

说到写文，我和行行在一起后，他送我的第一件礼物不是口红、香水、化妆品，而是个特别高配的机械键盘。

因为他听说长期用电脑打字的人，用普通键盘的话，手容易得腱鞘炎，于是精挑细选地给我买了这一款，说是能把得腱鞘炎的风险降到最低。

后来他才知道，凭他女朋友一天最多写一千个字的码字速度，十年也得不了腱鞘炎。

🍓 29.

夏天里，对我来说最幸福的事情莫过于开着空调，裹紧我的小被子。

和行行住在一起后，就变成了开着空调，裹紧被子，缩进他怀里。

偶尔失眠，还要让他哄我睡觉。

别人家的男朋友或者老公哄睡，一般是讲故事、唱摇篮曲、低声讲情话。

我们家行行是："陆绒，我数三秒，再玩手机不睡觉，明天就不去吃火锅了。"

"好嘞！我这就去睡！"

🍓 30.

我吃饼干特别不喜欢吃里面的夹心。

于是，我每次吃奥利奥的时候，如果旁边有其他朋友在，我就会把两块饼干掰开，掰成一块完整的带夹心的和一块完整的不带夹心的。

这也算是我的一项独门绝技。

但是行行也不爱吃夹心。

在分吃饼干的时候，我愁眉苦脸地看着他："怎么办？只能直接把夹心剔掉了，感觉有点儿浪费，看来我们得赶快生个喜欢吃夹心的小孩来帮我们分担了。"

本人陆绒，想必未来也是一个会被自己家小孩吐槽上热搜的妈妈吧。

🍓 31.

今年的情人节是我和行行结婚后过的第一个情人节，和往常也没有什么区别。

白天他要工作，我要准备读博的事儿，待在实验室里一整天，我和他约好晚上七点去看一场电影，再一起吃个夜宵。

行行的工作签得很早，是在他们一个师兄的公司，所以整个研三论文完成后，他就正式成为社会人——虽然他早在大学的时候就开始赚钱养家了。

工作后他常常出差，因为加班频繁的缘故，作息也难以像从前那么固定了。

我看着很心疼，跟他讲："你也不用那么努力的，反正我很好养活。"

"那我要把你养得难养一点儿。"行行笑着摸了摸我的脑袋，"养到只有我能养你。"

🍓 32.

情人节过后的那个星期，小柠檬回国了一趟，我俩逛了一天街，晚上去吃海底捞，又在星巴克聊八卦聊到很晚才结束。

她订的酒店就在附近，我俩分开后，刚走出商场准备坐地铁回去，就收到了行行的消息："从 A3 出口出来，我在这儿等你。"

他开车来接我回家，车停在商场的地下车库，人站在音乐喷泉旁的路灯下，朝我的方向望过来，眼角眉梢被橙黄色的暖光覆盖，特别温柔。

见到人，我慢吞吞地拖着步子走过去，直接抱住他的腰，趴在他背上叹气："走了一天，我好累啊。"

行行说："那我背你回家。"

"不要，"我说，"心疼我们家行行。"

他问："不是累了？"

我抱着他不松手："可是一看到你，我就充满了力量！"

这个世界上就是会有这么一个人。

他是我山重水复时的柳暗花明，是我的力量源泉，是我的桃源故乡。

是我余生所有美梦与向往。

All dreams

Part8.

Ta 不知道的
十件小事

are about you

陆绒篇：

1.

其实这个策划主题出来的时候，我内心充满了拒绝，因为我觉得，我这种心事都写在脸上，或者 QQ 空间、朋友圈、微博的单纯女孩，根本没有什么行行还不知道的事情。

后来想一想，他已经知晓了我的所有秘密这件事，他应该还不知道吧？

2.

我初中时能接触电脑的机会并不多，那段时间又处于各种心事都很多的时期，所以我养成了写日记的习惯，和行行在一起后没多久，我回家把那些日记本都翻了出来。

发现行行的名字竟然在我的日记本里出现了十九次。仅次于"天气好热，想吃芒果沙冰""什么时候放假？我要去吃火锅""周末和毛球他们去玩"。

🍓 3.

接上一条，我那个时候在日记里提起行行那么多次，其实非常无关风月，只是有一点点嫉妒他。不过我很快就想开了，像他这样没什么七情六欲的人，智商高也是应该的。

而且我也会为自己把他变得充满七情六欲而有成就感！

🍓 4.

因为以前读书的时候，陆陆续续听过好多八卦，知道很多人都喜欢过行行，所以刚在一起的时候，作为刚谈恋爱的人，我其实很没真实感。

后来敢于那么放肆，都是他给我的安全感。

🍓 5.

没好意思说，当年还在同一屋檐下读书的时候，哪怕行行时常对我冷着脸，我在心里也都把他当成朋友了。

🍓 6.

曾经害怕过他爸爸妈妈会因为我过分跳脱的性格而不喜欢我，后来发现他们一家都是很好很好的人。

🍓 7.

当初刚喜欢行行的时候，我的第一反应就是，干脆去表白算了，如果失败了就把他拉黑，当作无事发生，然后从此老死不相往来。

幸好幸好。

🍓 8.

高中毕业那会儿，我偷偷在宣传栏看过他的照片，虽然那个时候的想法很单纯——就想知道大家都被拍得那么丑，他是不是个例外。

🍓 9.

有天晚上，我趁他出差和毛球去了深夜两点的海底捞，临走之前，还让服务员小姐姐帮我打包了一盒冰西瓜带回家。（此段冒着极大的生命危险写下）

🍓 10.

虽然觉得自己这辈子真的给他添了很多麻烦，但下辈子如果有机会，还是想来找他。

行行篇:

🍓 1.

　　大学期间因为想见她，做了挺多现在看来很蠢的事。托人带了一张周杰伦上海演唱会的门票，因为听说她也要去。后来才看见她发朋友圈说根本没抢到票。

🍓 2.

　　知道她用过的所有笔名，收集了能买到的她写过的所有杂志。

🍓 3.

　　羡慕C君羡慕了快十年。

🍓 4.

高中有几次放学，就跟在她身后不远，但是到了公交车站，又故意和她错开坐两辆车。

🍓 5.

高考结束后同学聚会，第一次喝醉酒，夜里给她发过一条信息，醒来发现网络没连接，没有发送成功，也没有再发第二遍。

🍓 6.

我不是一个胆怯的人，但记事后所有的忐忑不安都和她有关。

🍓 7.

确定关系那天看了好几遍日历，才让自己相信不是四月一日。

🍓 8.

大学报 A 大有两个原因，一是我爷爷身体不好，家里希望我能留在省内，二是听人说她要在 A 市读大学。

🍓 9.

她总说自己给我添了麻烦，但是从初中开始，我就想当那个帮她处理麻烦的人。

🍓 10.

喜欢上她是在第一次发现自己会对她心软，和对别人不一样的时候。

延续至今，从未改变。

后记

All dreams are about you

🍓 1. 等故事长大

二十岁以前，我都是一个特别不擅长表达自己的人。

看着没心没肺、胆大妄为，但其实很多隐秘的情绪都不敢表达出来，连母亲节对我妈说一句"妈妈我爱你"，都会觉得很不好意思。

越是面对亲近的人，越是难以说出真正的心里话，因为在小时候的我心里，那种行为非常"矫情"。

我爸说我这种又轴又要强的性格完全继承了我妈。

二十岁那年冬天，我的外公在过年的前一天去世了，那是我记忆里第一次见我妈流泪。

两个月后的清明节，我妈转了一条公众号的推送到朋友圈："父母在，人生尚有来处；父母不在，人生只有归途。"

说来好笑，我这种天生乐观派，却从来不敢想象，如果有一天我身边的人离开了我，我的生活会变成什么样。

一想到，我就控制不住鼻酸。

从小上语文课，老师就教过我们一句诗："树欲静而风不止，子欲养而亲不待。"

不仅是亲人，所有我们所重视、在意的人，如果不珍惜，等到他们真正离开的那一天，一切都再也来不及了。

我懂得这个道理有点儿晚，但也不算太晚，总之从二十岁开窍以后，我再也不觉得抱着我爸我妈和周围的朋友撒娇，时不时甩出一句"我爱你"是羞耻的事了。反正哪怕是见证过我拧巴的少女时代的毛球，也只会在我说出"爱你哦"之后，对我发一个"吐"的表情，然后回我一个大大的"爱心"表情。

所以我好庆幸，我是在这样的时候，才重新和行行相遇。

我不会因为我的羞于表达，再喜欢也把爱意藏在心底；而他也褪去了青涩，可以向我许诺一整个未来——属于我们的未来。

🍓 2. 以她为名

"陆绒"算是我和行行一起命名的。

我的真名有点儿像男孩子，当初行行跟朋友介绍我时，他那些朋友听了我的名字，心中都不由得对他产生了一丝同情，脑补了一出新闻：多年单身，某名校学霸性向扭曲，放弃一片花丛，不惜辣手摧草。

尽管从小到大没少被人因为名字当成男生，听说行行被这么误会，我还是笑得好大声，丝毫没把自己当成罪魁祸首。

后来写这本书，我面临的首要的问题就是——不能再让我们家行行继续被误会了。

于是，我冥思苦想，给自己取了一系列非常"女孩子气"的名字，被周围朋友纷纷嫌弃，甚至扬言以后路上看见都要装作不认识我，我只能求助行行。

最后定下"陆绒"，是因为"陆"是我的姓，"绒绒"是我给我未来女儿起好的小名，用这两个字都是行行给我的建议。

明明是受益者，我还要装模作样地感叹一番："你女儿要知道你这样抢了她名字，她会哭的。"

季行行同学很大义凛然地说："这是家庭教育。"

"教育什么？"

"提前让她知道，在这个家里，她妈妈最重要。"

我已经脑补出多年后我女儿出生，脑袋上要顶着一行大字："我只是个意外。"

起完我的名字之后，我大手一挥把行行赶跑，随便在键盘上敲了两个字母，就把他的化名也起好了。

季同学眉心一皱，觉得事情不太简单，纠正我："'化名'这个词常用于新闻里的犯罪分子。"

"你不就是犯罪分子？"

我后面还准备跟一句土味情话，结果行行完全没给我施展的空间。

他直接点头："你说得对。"

"啊？"

"刚刚帮你跟阿姨隐瞒了你已经三天没吃药的事，我确实是你的共犯。"

前些天换季，我得了一场重感冒，养了好久都没好，我妈过来看我们的时候，直接把我抓去看了中医，让我拎了大包小包一堆中药回家，路上还在数落我："让你平时少吃那些冷的东西，就不听，这次知道自己身体不行了吧，给我好好把这两个疗程的药吃完。"

我之所以记得这么清楚，是因为我妈回去以后还原封不动地发了一段微信过来，一式两份，一份给我，一份给行行，让他监督我。

但我是非常怕苦的人，从小到大连苦瓜都没吃过两顿，吃中药简直要我的命。所以病一好转，我立刻跟行行撒娇卖乖、用尽浑身解数，签下了"未来两个月都不喝冰可乐不吃冰激凌"的惨绝人寰的条约，终于让行行同意，可以让我不继续吃药。

万万没想到，一转眼，这又变成了他以后威胁我的事情。

我迅速变脸，露出标准微笑："您喜欢什么名字呀？有什么要求尽管提，我去给您测个姓名凶吉，包君满意。"

他垂眸瞥了一眼我在文档里输入的"季景"，说："可以。"

后来我在他手机的音乐播放器里，看见了一首老歌，也是我中学时很长一段时间的个人主页背景音乐，歌词里有一句是这么唱的："在所有人事已非的景色里，我最喜欢你。"

图书在版编目（ＣＩＰ）数据

所有美梦都与你有关 / 陆绒著. -- 贵阳 ：贵州人
民出版社，2019.12
ISBN 978-7-221-15706-5

Ⅰ．①所… Ⅱ．①陆… Ⅲ．①言情小说－中国－当代
Ⅳ．①I247.5

中国版本图书馆CIP数据核字 (2019) 第244160号

所有美梦都与你有关

陆绒 著

选题策划	丐小亥	
责任编辑	潘　媛	
特约编辑	八　柚	
封面设计	苏　茶	
出版发行	贵州人民出版社	
	（贵阳市观山湖区中天会展城 SOHO 办公区 A 座贵州出版集团　邮编 550081）	
印　　刷	湖南凌宇纸品有限公司	
开　　本	32 开（880mm×1230mm）	
字　　数	146 千	
印　　张	7.5	
版　　次	2019 年 12 月第 1 版　2019 年 12 月第 1 次印刷	
书　　号	ISBN 978-7-221-15706-5	
定　　价	38.00 元	